FOLIO JUNIOR

Silvana Gandolfi

L'innocent de Palerme

Traduit de l'italien
par Faustina Fiore

(Les Grandes Personnes)

Titre original : *Io dentro gli spari*

© Adriano Salani Editore S.p.A., 2010
© Éditions des Grandes Personnes, 2011, pour la traduction française
© Éditions Gallimard Jeunesse/Éditions des Grandes Personnes, 2014,
pour la présente édition

Folio Junior est une collection de Gallimard Jeunesse

À un mafieux qui lui faisait remarquer qu'au cours d'une fusillade qu'ils projetaient sur une plage surpeuplée, ils avaient de grandes chances de tuer des enfants, Totò Riina, parrain de Corleone, répondit : « Et alors ? À Sarajevo aussi, il y a des enfants qui meurent. »

« Le monde d'aujourd'hui a besoin de gens qui éprouvent de l'amour et luttent pour la vie avec au moins la même intensité que d'autres se battent pour la destruction et la mort. »
Gandhi

À Fede, *qui sait pourquoi*

Note de l'auteur

Bien qu'inspiré de faits réels, ce roman est une œuvre de fiction. Je me suis permis d'y introduire des éléments imaginaires, comme le village de Tonduzzo, le n° 33A du passage du Zingaro, et nombre d'autres détails. Certains, en revanche, sont authentiques : le ferry Livourne-Palerme, le monument devant le palais de justice, les noms inscrits sur ses marches, le kiosque de la place de la Kalsa.

Et surtout, une chose est vraie : en Sicile, la Mafia existe.

Silvana Gandolfi

Prologue

Mon cher Chasseur,
J'ai absolument besoin de t'écrire aujourd'hui pour me défouler.

Maman est une vraie catastrophe. Elle ne boit pas, ni rien, mais parfois, elle éclate en pleurs ou explose de colère, et je ne sais pas quoi faire. Cela fait plus d'un mois qu'elle ne met pas le nez dehors, soi-disant à cause de ses jambes. En réalité, elle n'a plus envie de sortir de la maison. De toute façon, c'est moi qui me charge des courses, maintenant. Ce matin, j'ai même emmené ma sœur se promener pour qu'elle ne voie pas dans quel état était maman. Cela m'arrive de plus en plus souvent.

Si on pouvait en discuter tous les deux, je sais ce que tu me dirais : que je suis en sécurité, que c'est le principal, que les choses s'arrangeront avec l'âge. Tu as sans doute raison, mais franchement, j'ai l'impression de payer cette sécurité un peu trop cher. Ça me déprime. Excuse-moi, mais ce soir, j'ai envie de casser quelque chose, de hurler, de dire des gros mots.

Je ne suis pas fou. Je sais que tu es aussi inaccessible qu'un personnage de bande dessinée. Pourtant, pour moi, tu es plus vivant et plus important que mes copains de classe.

Quel est ce monde dans lequel je ne peux même pas te voir ?

Il ne signe pas. Pour ce genre de lettre, c'est inutile. Il plie soigneusement la feuille en quatre, cherche une enveloppe et la glisse à l'intérieur. Quant à l'adresse, il écrit simplement : « Pour le Chasseur ».

Il se lève, fouille sous son lit, pour en sortir la caisse qui contient ses affaires de bateau. Il place cette enveloppe à côté des autres, tout au fond, de manière à ce qu'on ne les voie pas. Puis il referme la caisse et la repousse à l'abri des regards.

Première partie

1
(Santino)

Le jour où Santino eut cinq ans, son père, Alfonso Cannetta, l'emmena à Mondello, un village en bord de mer, non loin de Palerme.

Ils firent le voyage en voiture tous les deux : sa mère et son grand-père étaient restés dans leur maison à Tonduzzo, cloués au lit par la grippe.

Santino n'avait jamais vu la mer, du moins n'en avait-il aucun souvenir.

– Je pourrai me baigner, papa ?

– Non, Santù. L'eau est encore trop froide en cette saison. Mais on ira manger des pâtes comme tu les aimes, avec des fruits de mer, dans un restaurant près de la plage, promis.

On était au mois d'avril. Le soleil couvrait l'eau d'une lumière caressante. Le sable, formé de milliards de petits grains scintillants, annonçait des sensations nouvelles. Santino n'aurait jamais cru que l'eau puisse être encore plus bleue que sa bille préférée.

Ils se garèrent en face d'un club de voile, sur un

parking aménagé au milieu des rochers. Trois jeunes garçons s'affairaient autour de petits voiliers, devant un hangar.

– Allez, viens, on va au café, dit son père. Tu n'as pas soif ?

– Attends…

– Quoi ?

– Ils vont partir en mer ?

– Tu crois qu'ils font tout ça pour rester sur la plage ?

– Je veux les regarder !

En tant que héros du jour, c'était à Santino de décider. Ils allèrent donc s'asseoir sur les marches de l'esplanade, non loin des garçons.

Trois hommes ne tardèrent pas à arriver. Les moniteurs. Suivis d'un dernier gamin, d'une douzaine d'années. Celui-ci entra dans le hangar et en sortit en tirant une coque démâtée sur une remorque.

Le retardataire prépara son bateau avec des gestes précis, rapides, sans bavure. *Clic, clac*, il monta le mât ; *clic, clac*, il installa une autre pièce dont Santino ignorait le nom. Il termina tandis que les trois autres étaient encore en train de gréer leurs bateaux.

Santino ne le quittait pas du regard.

Le garçon était mince et bronzé, avait les yeux vifs, des cheveux noirs rabattus sur le front. À présent, il attendait patiemment, sans s'énerver. Un prince.

Santino comprit que tout était prêt quand il les vit tous enfiler un gilet de sauvetage par-dessus leur combinaison.

Son père partit acheter quelque chose à boire, et un vieux monsieur habillé de blanc s'approcha alors de lui.

– Je vois que tu t'intéresses aux Optimists. Dès que tu auras huit ans, demande à tes parents de t'en acheter un. C'est à cet âge-là qu'on peut commencer à en faire tout seul.

Optimist. Ce devait être la marque de ces bateaux.

– Il n'y a pas de meilleur voilier pour les enfants, poursuivit l'homme. Tu peux me croire. Ils obéissent au doigt et à l'œil et ne se renversent jamais.

Alfonso revint avec deux canettes.

– Vous voulez assister à la régate ? demanda le vieux monsieur. Dans ce cas, vous avez intérêt à aller au bout de la jetée. C'est de là qu'on voit le mieux.

Puis il s'éloigna en les saluant de la main.

Santino et son père suivirent ses conseils et, bientôt, des curieux surgis d'on ne sait où les rejoignirent sur la jetée. Les Optimists furent poussés jusqu'à la mer et les concurrents s'installèrent à bord de leur bateau, tellement penchés en arrière que leur dos touchait presque l'eau.

Santino ne lâchait pas des yeux son héros.

Les voiliers se placèrent tous les quatre à une distance déterminée du rivage. Trois canots à moteur – ceux des moniteurs – s'approchèrent tour à tour de chacun d'eux.

Enfin, la course commença. Alfonso souleva son fils et l'installa sur ses épaules.

– Je le vois ! C'est lui ! C'est le meilleur ! cria Santino.

Le vieux monsieur en blanc réapparut à côté d'eux, une longue-vue à la main.

– Voulez-vous faire un pari ? Je suis sûr que c'est celui dont la voile porte le numéro 15 qui va gagner. Tu sais lire les nombres, petit ?

– Non, il ne sait pas, l'ignorant ! plaisanta Alfonso, attrapant et bloquant les jambes de Santino qui lui martelait la poitrine pour protester.

– Si, je sais ! C'est celui-là, dit-il en désignant une embarcation du doigt. Le plus rapide.

– Bravo ! Oui, c'est Lucio qui va gagner, j'en suis certain. À la fin de l'été, je le ferai participer aux régates nationales, s'il est encore en Sicile : il ne vient que pendant les vacances.

Lucio. Son héros avait désormais un nom.

– Je ne le vois plus !

– Essaie avec ça.

Le vieux monsieur plaça sa longue-vue devant lui.

– Tourne cette molette de cette façon, jusqu'à ce que l'image soit nette. Voilà.

Quand il regarda à l'intérieur, Santino eut soudain l'impression d'être transporté sur la petite embarcation. Il sentait le vent sur son visage, les embruns, le goût du sel dans sa bouche. Il était là-bas, au milieu des vagues, en compagnie de Lucio. Il *était* Lucio.

Des mains lui serrèrent les chevilles.

– Arrête de gigoter, Santino, tu vas tomber !

Debout à côté d'eux, le vieux monsieur se mit à rire.

– Je suis content de voir ce gosse montrer autant d'enthousiasme. Inscrivez-le au club de voile quand il en aura l'âge. Ce sera un plaisir de l'entraîner.

Il reprit doucement sa longue-vue des mains de Santino.

– Excusez-moi, je dois y aller. Vous viendrez à la remise des prix, n'est-ce pas ? Vous êtes mes invités !

– Mais qui a gagné ? demanda Santino tandis que son père le reposait à terre.

– Lucio. Comme toujours ! répondit l'homme en blanc avant de s'éloigner.

2
(Lucio)

– Lucio, où es-tu ?

J'ouvre la porte de la salle de bains et passe la tête par l'entrebâillement.

– Ici. Je me lave les dents.

Il faut toujours que je prouve que je suis occupé. Prendre du temps pour moi serait mal vu.

– Dépêche-toi. Ta sœur est prête.

Maman se baisse et dépose un baiser sur les joues rouge vif d'*Iliuccia*, comme elle la surnomme. Je regarde celle-ci de haut en bas, ahuri.

Deux immenses oreilles en peluche rose sont plantées sur sa tête, au milieu de ses boucles brunes. Rose le pull pailleté, rose le collant, roses les chaussures.

Je tourne autour d'elle. Ilaria se redresse, toute fière. Une queue rose est cousue à son collant à hauteur des fesses.

– Je refuse de sortir avec *ça*.

– Tu veux qu'elle passe la journée enfermée ici ?

Emmène-la sur la terrasse Mascagni. Il y aura plein de gens costumés, là-bas.

– Je n'irai pas.

– Et qui d'autre va l'emmener, la pauvre ?

– Tu n'as qu'à y aller, toi !

Avec ses jambes aussi enflées que des pattes d'éléphant, ma mère ne sort plus de la maison. Et ça fait cinq mois que ça dure.

– Insolent ! crie-t-elle.

Je hausse le ton à mon tour :

– Je vais au marché, je paye les factures, j'emmène Ilaria à la maternelle... Je suis le seul élève de ma classe à ne jamais avoir une minute de libre ! Alors que je n'ai que onze ans !

– Tu étais un garçon si gentil ! Comment se fait-il que tu sois devenu...

Je sens les yeux d'Ilaria posés sur moi. Elle fait la moue comme pour m'embrasser, même si je pense qu'elle a plutôt envie de me mordre.

– Peut-on savoir en quoi elle est déguisée ?

– En lapine. Ça ne se voit pas ?

Je gémis. Ma sœur me fait pitié. Ma mère me fait pitié. Moi-même, je me fais pitié. Le monde entier me fait pitié.

Je lève une main en signe de reddition.

– Bon, d'accord. Mais demain, je sors tout seul.

– Je peux prendre ma trottinette ? supplie Ilaria.

– Demande à ton frère.

Demande à ton frère. Le message est clair : je suis

le chef de famille… du moment que je vais faire les courses, que je sors la lapine crétine, que je la console quand elle pleure.

– Je peux, Lucio ? Je peux, dis ?

Je hausse les épaules, observant la grosse peluche Disney qui me tient lieu de sœur.

– Tu n'en feras qu'une fois sur la terrasse, c'est compris, abrutie ? Pas là où il y a des voitures. Et tu dois jurer de m'obéir.

Ma mère sourit. Je déteste ce sourire, celui qu'elle a quand elle a obtenu ce qu'elle voulait. Tandis que j'enfile mon blouson, je sens son haleine chaude dans mon cou, puis son baiser.

– Mon petit homme !

Je me dégage de ses bras et ouvre la porte de la maison.

Un vent froid nous saisit. Le ciel est d'un bleu éclatant, les trottoirs tapissés de confettis multicolores. Nous empruntons la rue Mazzini qui descend vers la mer.

Je tiens ma sœur par la main. Chaque hiver, ses joues s'enflamment tels deux feux rouges. On dirait de la braise.

Nous atteignons bientôt la grande terrasse Mascagni. J'ai toujours aimé cet endroit, avec ses bancs de marbre blanc comme du sucre qui font face à la mer.

– Je vais m'asseoir là-bas, sur ce banc où il n'y a personne. Entendu ? dis-je, résigné, en tendant sa trottinette à Ilaria.

Pour ma part, j'aimerais vraiment avoir un vélo. Mais

ma mère dit que j'ai déjà un Optimist, qu'il me faudra attendre que ma sœur grandisse. En réalité, le bateau appartient au club de voile, pas à moi; même si c'est toujours celui-là que j'utilise.

Ilaria s'est empressée de filer. Je m'assieds et observe la foule qui m'entoure.

Il y a une fille déguisée debout sur le muret.

Elle porte des ailes en gaze bleu ciel, deux de chaque côté. Son visage ressemble à celui d'un ange. Sa robe retombe avec souplesse sur son corps mince. Elle s'accroche d'une main à un lampadaire, négligemment.

Près d'elle, trois garçons qui l'ennuient, apparemment. La fille garde les yeux fixés sur la mer et les ignore.

Soudain, elle lâche le lampadaire et saute du muret juste au moment où un des casse-pieds s'avance vers elle. Tous deux se heurtent, tombent. Le garçon se relève, mais l'ange demeure à terre, serrant sa cheville en maudissant ces imbéciles. Ceux-ci se dispersent à toute vitesse et disparaissent dans la foule.

Je la vois qui cherche des yeux un endroit où s'asseoir.

Ici, ici, j'implore en silence.

Elle se lève avec difficulté et boitille dans ma direction. Sans m'accorder un regard, elle se laisse tomber sur mon banc tout en se massant la cheville.

Je l'observe en cachette. Des cheveux blonds, lisses et longs. Mais ce qui me plaît le plus, c'est son œil – le seul que son profil parfait me donne à voir. Un œil bleu azur.

– Quel idiot, celui-là! je m'exclame.

Elle ne répond pas.

– Celui qui t'a fait mal, je précise.
– Tu le connais ?
Elle n'a pas bougé.
– Non, mais il avait l'air d'un voyou.

Avec une lenteur calculée, la fille tourne enfin son beau visage vers moi. Son autre œil est tout aussi bleu que le premier. Je suis content de les voir tous les deux.

Elle fait la grimace.
– Je crois que je me suis foulé la cheville.
– Si tu veux, je te raccompagne chez toi.
– Pas la peine.
– Tu es déguisée en quoi ? En ange ?
– Non… En libellule.
– Ah, en libellule, je répète, pensif. Logique.
– Qu'est-ce qui est logique ? Que je me sois déguisée en libellule ?

Elle me dévisage comme si j'étais un parfait idiot. J'esquive :
– Tu habites où ?
– À côté de la place de la République.
– C'est loin. On peut y aller en bus, si tu veux.

La libellule scrute la terrasse, émet un sifflement aigu. Un petit chien accourt aussitôt, aussi vite que ses pattes le lui permettent.

– Ricky, viens ici ! Ici !

C'est un bâtard blanc et marron, qui se met à lécher les mains de sa maîtresse en remuant frénétiquement la queue. Elle le prend par les pattes avant et lui fait des compliments.

J'ai l'impression d'être de trop. C'est alors que je repense à Ilaria. Je me lève d'un bond et me dresse sur la pointe des pieds.

– Ilaria ! Ilaria !

La voilà qui court vers nous, sa trottinette à la main, les yeux fixés sur Ricky. Je me retourne vers la fille qui joue encore avec son chien.

– Ma proposition tient toujours : je peux te raccompagner chez toi ; mais si tu ne veux pas, tant pis. Il faut qu'on y aille.

– C'est ta sœur ?

– Oui.

– En quoi est-elle déguisée ?

– En lapin rose, je grogne.

Ses lèvres dessinent un sourire.

– Je ne sais même pas comment tu t'appelles.

– Lucio.

– Moi, c'est Monica.

Ilaria s'accroupit devant le chien pour le caresser.

– Allons-y, dis-je tout en relevant ma sœur. Raccompagnons Monica et Ricky chez eux.

Monica se lève à son tour.

– Je vais laisser mon vélo ici. De toute façon, il est attaché.

Elle s'appuie d'une main sur le bras que je lui offre.

Un bus nous conduit dans le centre-ville. De là, à petits pas, nous descendons des escaliers jusqu'au Fosso Reale, le fossé qui entourait les anciens remparts de la ville. L'eau reflète les maisons, le petit pont de pierre, les quelques barques. Tout est dédoublé, calme, comme dans un rêve.

– C'est là.

Monica s'arrête enfin devant un portail. Elle nous a déjà tourné le dos. Son doigt presse un bouton.

– Bon, eh bien, au revoir, dis-je, en essayant de cacher au mieux ma déception.

– Tu peux me rendre un service ? demande-t-elle soudain en me faisant face.

– Lequel ?

– Tu veux bien me rapporter mon vélo, demain ?

Puis elle met la main dans sa poche, me tend la clef de l'antivol et m'explique où elle l'a laissé.

– Alors à demain. Je vous attends.

3
(Santino)

Santino courait. Petit, maigre, il était le seul garçon en short.

À six ans et demi, on a les jambes moins longues qu'à huit, l'âge des autres concurrents. Pourtant, ses membres nus fauchaient l'air telles des hélices. Ses pieds chaussés d'Adidas rouges volaient sur le terrain. Le vent froid de l'hiver séchait la sueur sur son front.

Il prit la tête de la course, projeta le torse en avant, tendit les bras, les mains. Enfin, il franchit la ligne d'arrivée et continua à courir, incapable de s'arrêter, traînant derrière lui un ruban rouge comme la queue d'une comète.

Les bras grands ouverts de son père lui barrèrent la route.

– Eh, où vas-tu ? Bravo ! Tu leur as fait manger la poussière !

Santino enfonça son visage dans le ventre d'Alfonso, les jambes encore agitées de soubresauts. Il respira à fond. Le sang battant dans ses tempes l'assourdissait. Il ne pouvait pas parler.

Alfonso Cannetta le hissa sur ses épaules et le porta en triomphe devant le public qui applaudissait.

– C'est mon fils, ce champion ! Il finira aux Jeux olympiques, je vous le dis !

Santino se sentait bizarre, là-haut, au milieu des acclamations. Euphorique, exalté, mais également un peu mal à l'aise. Il tira les cheveux d'Alfonso pour l'inciter à se taire. Celui-ci se méprit sur la signification de ce geste :

– Je ferai de lui un champion ! Vous verrez ! Je l'emmènerai sur le continent participer à de vraies courses !

Ça n'en finissait pas. Santino finit par capituler et se contenta de rester sur son perchoir, immobile. Il repensait à une autre remise de prix, au bord de la mer, celle-là. Le vainqueur y avait reçu un trophée en forme de voilier. Il s'appelait Lucio. Même si leurs chemins ne s'étaient pas croisés depuis, il conservait de lui une image très précise, comme s'il l'avait vu la veille.

Il se rappela aussi que le long du jardin où Lucio avait reçu son trophée se trouvait une villa dans laquelle il était entré pour aller aux toilettes. En chemin, il avait remarqué la présence d'une statuette d'argent sur une table – un homme assis, bras tendus vers l'avant. Un navigateur. Le soir même, de retour chez lui, il s'était passé quelque chose d'étrange. Sur le grand lit de ses parents, Santino avait en effet aperçu le maillot de corps de son père roulé en boule, d'où émergeait un petit pied : le pied en argent de la statue. Plus tard, il avait conduit son père vers le lit, mais le maillot de corps ne contenait plus rien. Alfonso lui avait dit en riant qu'il avait dû rêver.

À présent les applaudissements avaient cessé.

– Pose-moi par terre, papa. Plus personne ne nous regarde.

Effectivement, le public s'était amassé autour du buffet. Alfonso fit descendre son fils.

– Venez, venez ! Que faites-vous là-bas ? Santinoooo !

On les appelait.

Lentement, main dans la main, un sourire plaqué sur leurs visages intimidés, le père et le fils s'approchèrent de la table.

Durant quelques minutes, ils furent assaillis de compliments. Comme votre fils est doué, où s'est-il entraîné, et où as-tu eu ces baskets rouges, c'est peut-être grâce à elles que tu es si rapide ? Et puis les caresses, les sourires.

Un verre de vin à la main, Alfonso expliqua que les chaussures, les plus chères du magasin, avaient été achetées à Palerme, son fils méritant ce qu'il y avait de mieux. Il emmenait aussi souvent Santino faire un tour en voiture à la campagne ; la plupart du temps, il le faisait descendre et le laissait courir derrière, pendant des kilomètres. Il avait de bons poumons, son garçon.

Une femme le fixait d'un air désapprobateur. Il s'agissait de la maîtresse de Santino.

– C'est bien beau, tout ça, mais votre fils doit venir

plus souvent à l'école. S'il mettait autant d'ardeur à travailler qu'à courir…

– Eh, il n'aime pas beaucoup l'école, mon fiston. J'étais comme lui, d'ailleurs. Les livres…

Alfonso secoua vigoureusement la tête.

– Le papier imprimé, ce n'est pas notre truc, à nous autres.

– Sans culture, on ne va nulle part. Il faut que Santino suive les cours plus régulièrement.

L'institutrice baissa les yeux sur le garçon et eut un sourire ironique.

– C'est vrai que tu n'aimes pas les livres ? Quel dommage !

Elle lui tendit alors son prix. C'était un petit ouvrage relié. Santino en déchiffra le titre à haute voix :

– *His-toi-re du sp-ort à tra-vers les siè-cles.* Super ! Celui-là, je vais le lire, c'est sûr !

Peu après, Alfonso tourna le dos à ses voisins qui bavardaient entre eux, se servit un autre verre et s'éloigna.

Santino le suivit des yeux. Son père s'était planté devant un arbre, qu'il contemplait, sans toucher à son vin. Il semblait comme ensorcelé.

Santino s'approcha de lui.

– Qu'est-ce que tu regardes, papa ?

– Ça.

Alfonso pointa du doigt l'écorce rugueuse sur laquelle couraient d'innombrables fourmis et poursuivit à voix basse :

— Ces bestioles. Elles savent où elles vont, elles savent ce qu'elles font.

Santino l'écoutait, attentif. C'était comme si son père avait craqué une allumette pour éclairer son jardin secret, son univers obscur. Une petite flamme qui ne dura qu'un bref instant.

— Elles connaissent le chemin…

Puis Alfonso s'interrompit, vida son verre d'un trait et se retourna pour fixer d'un air absent la foule rassemblée autour du buffet.

— On peut partir, si tu veux, proposa Santino.

— Oui. Tu les remercieras de ma part demain, une fois à l'école – parce que demain, il faut que tu y ailles.

4
(Lucio)

Je suis réveillé, mais je me prélasse encore dans le rêve que je viens de faire. Ce n'était pas un cauchemar cette fois, plutôt un mirage étrange et agréable : Monica et moi volions au-dessus d'une mer parsemée de larges dos noirs. Des baleines. Nous passions tout près d'elles, sans les craindre.

La porte s'ouvre doucement. Ilaria apparaît, déguisée comme hier.

Je sors une main du lit et lui ordonne de partir, mon visage tordu en une grimace d'ogre.

– Tu veux vraiment me voir nu ?

Elle sort immédiatement.

Pendant le petit déjeuner, ma mère insiste pour que j'emmène ma sœur de nouveau avec moi. Je proteste :

– Hier, tu m'as dit que je pourrais sortir tout seul !

– Moi ? Je n'ai jamais dit ça.

– Tu n'as pas dit non en tout cas ! Ça revient au même.

– Elle nous a invités tous les deux ! s'exclame Ilaria. Toi et moi !

Je croise les bras, raide comme un soldat.

– Pauvre Iliuccia ! Tu veux qu'elle passe son dimanche à la maison, c'est ça ?

– Je dois récupérer le vélo d'une copine qui s'est fait mal. *Iliuccia* ne peut pas venir.

J'attrape mon blouson. Ma sœur se met à pleurer.

– Monica a dit « Je vous attends », insiste-t-elle entre deux sanglots. Elle a dit « Je vous attends ». Tous les deux !

Maman s'est adossée à la porte pour me barrer le passage.

– Tu ne peux pas sortir avec elle au moins une heure ?

– Tu n'as qu'à t'en charger, toi ! Et si tu as trop mal aux jambes pour marcher, tu n'as qu'à aller voir le médecin. Tu as trente-quatre ans, et tu en fais cinquante !

– Est-ce que tu vas finir par comprendre qu'aucun médecin ne peut quoi que ce soit pour moi ? On m'a jeté un sort !

– Un sort. N'importe quoi !

– Oui, un sort. Ça te fait peut-être rire, mais ce dont j'ai besoin, c'est d'une *magara*[1], pas d'un médecin ! Tu ne t'es pas rendu compte que je parlais une langue étrangère désormais ?

– Une langue étrangère ?

– Je ne parlais pas italien avant, et maintenant, je

---

[1]. Une magicienne, une sorcière, en sicilien. Le pluriel de *magara* est *magare*.

le maîtrise parfaitement. Comme ça ! – Elle claque des doigts. – J'ai entendu dire que c'était classique chez les victimes de maléfices de se mettre à parler dans une autre langue.

– Tu parles italien parce que ça fait des années qu'on habite à Livourne !

– Mais comment expliques-tu que je sois prise de sueurs froides chaque fois que je parle cette langue ?

Ma colère éclate. Je hurle :

– Arrête de dire n'importe quoi ! Fais plutôt venir un docteur !

Maman semble perdre toute son assurance. Elle baisse la tête et s'écarte pour me laisser passer. Elle entrouvre même la porte, comme une invitation.

Ilaria quant à elle pique sa crise, et elles se mettent bientôt à piailler l'une contre l'autre. De vraies harpies.

Je referme la porte derrière moi.

Je fais tout le trajet jusqu'à la terrasse Mascagni en courant. Les soucis me donnent des ailes.

Ma mère a perdu la tête. Un sort ! Une langue étrangère ! Elle n'appellera jamais le médecin, je le sais. Et si je m'en charge, elle refusera de le voir.

Le vélo est exactement là où me l'a indiqué Monica. Un panier est accroché au guidon, à l'avant. Sûrement pour Ricky.

Je rejoins la place de la République en un rien de temps. L'engin sur le dos, je dévale l'escalier qui mène au fossé, retrouve le portail, sonne.

Clic ! La grille s'entrouvre. J'attache le vélo dans le

jardin et me dirige vers l'immeuble dans lequel Monica a disparu hier.

Une voix m'appelle d'en haut. Je grimpe les marches deux à deux, et me voici face à Monica, qui porte Ricky dans ses bras.

Elle me montre en riant le gros bandage autour de sa cheville gauche.

– Et Ilaria ?

– Je suis venu tout seul, je préférais. Tiens, dis-je en lui tendant la clef de l'antivol.

– Attends une minute.

Elle entre et réapparaît un instant plus tard, un blouson à la main, sans Ricky. J'entends celui-ci aboyer à l'intérieur.

Tant mieux, me dis-je. *À la niche, les chiots et les lapines !*

Monica prend appui sur moi. Nous descendons lentement.

Au bord du fossé rempli d'eau, à quelques mètres de chez elle, un banc rouge fait face aux barques amarrées à quai. Nous nous y installons.

– Tu n'es pas de Livourne, n'est-ce pas ? dit-elle. D'où viens-tu ?

– De Sicile. Mais ça fait des années que nous vivons ici, ma mère, ma sœur et moi. Ilaria est née à Livourne.

Les yeux fixés sur l'eau, je poursuis :

– Mon père est parti pour le Venezuela il y a des années ; il avait trouvé du travail dans une *fazenda*, une grande propriété agricole, près de Caracas. Nous avons déménagé à Livourne après qu'une cousine est morte et que ma mère a hérité de son appartement. Mon père nous envoie régulièrement de l'argent, et ma mère fait de la couture pour une entreprise de la région – des robes de mariée, des nappes... Mais on ne peut pas dire que ce soit facile tous les jours.

– Ton père ne te manque pas ?
– Si. Beaucoup.
– Et il ne vient jamais vous rendre visite ?
– Le voyage coûte trop cher.

À mon tour. Je passe à l'attaque. Je veux tout savoir.

La famille de Monica est livournaise depuis des générations. Son père est avocat, sa mère bibliothécaire. Elle prend des leçons de danse, mais elle va devoir les interrompre jusqu'à ce que sa cheville guérisse. C'est elle qui a trouvé Ricky, l'année dernière, sur une plage à Ardenza.

– Plus tard, j'espère être danseuse, déclare-t-elle en me fixant de ses yeux bleus. Et toi ?
– Moi, mon truc, c'est faire de la voile. Peut-être que je serai skipper, un jour. L'été dernier, quand j'ai gagné la régate junior, ma photo est parue dans le journal local, le *Corriere di Livorno*.
– Tu me la montreras ? Tu l'as gardé, le journal ?
– Non.
– Pourquoi ?
– Je n'aime pas être photographié.
– Tu plaisantes ? Si on publiait dans le *Corriere* une photo de moi en train de danser, je serais folle de joie ! Bon... tu me raccompagnes ? Il faut que je rentre.

Voilà. C'est fini. Elle s'ennuie déjà avec moi. Je l'aide à se relever.

Arrivés à sa porte, pourtant, Monica se tourne vers moi et me tend la clef de son antivol :

– Prends mon vélo, si tu veux. Je te le prête. De toute façon, pour le moment, je ne peux pas l'utiliser.

5
(Santino)

Deux jours après la course, un dénommé Pasquale, un ami du père de Santino, vint rendre visite à ce dernier, chez lui, à Tonduzzo.

Il se présenta devant la maison de la famille Cannetta avec une Kawasaki Z 750 flambant neuve. Il avait dix-neuf ans, ce qui était bien jeune pour posséder une si belle moto.

Perché sur la selle, Pasquale donnait l'impression d'être plus grand qu'il ne l'était vraiment à cause de son long torse et de ses jambes courtes. Il avait des cheveux bruns tirant sur le roux, un visage anguleux, un menton pointu. Des yeux perçants, un peu trop écartés, brillants comme des pierres précieuses. Et quelque chose de féminin dans ses mains aux doigts blancs et aux ongles soignés.

Avec son buste étrange et sa moustache tombante, il rappelait à Santino la belette empaillée qui trônait sur une étagère de la cuisine.

Santino connaissait Pasquale depuis longtemps.

Parfois, le jeune homme leur rendait visite chez eux ; parfois, Alfonso et son fils prenaient la voiture pour aller le retrouver dans des lieux toujours différents. Santino savait aussi qu'il arrivait à Pasquale d'être parcouru de tics nerveux. Quand c'était le cas, il fallait faire semblant de ne rien remarquer.

Ce jour-là, Alfonso n'était pas à la maison. Pasquale jura, puis souleva ses lunettes noires.

– Dis à ton père que je l'attends demain matin à six heures, à Poggioreale Vecchia. Devant la grille. Sans faute.

Ils parlaient sur le seuil de la porte : Pasquale ne voulait pas entrer pour ne pas perdre sa Kawasaki de vue.

– Répète.

– Demain, à six heures, à Poggioreale Vecchia. Mais c'est la ville fantôme !

– Bravo, petit ! Tu es un malin, toi. Tu es déjà allé là-bas ?

– Non. Papa dit que c'est dangereux.

– Ne t'en fais pas, nous resterons à l'extérieur. — Il lui pinça amicalement la joue. — Tu as gardé mon amulette ?

Santino glissa une main sous son pull et saisit le cordon de cuir auquel était accroché le pendentif. Il le sortit pour le montrer à Pasquale.

C'était une *trinacria*[1], le symbole de la Sicile, un

---

[1]. *Trinacria* est le nom antique de la Sicile et signifie « île aux trois promontoires » en grec. Par extension, ce mot est utilisé pour désigner l'effigie de la Gorgone aux trois jambes, retrouvée sur une pièce de monnaie de l'époque romaine, et considérée comme le symbole de l'île.

visage de femme entouré de trois jambes pliées. Mais celle-ci avait une particularité qui la distinguait de toutes les autres : à la place du visage se trouvait une bille de résine jaune inviolable contenant une guêpe. Visiblement, il s'agissait d'un véritable insecte. Santino s'était souvent demandé s'il avait été plongé encore vivant dans la résine bouillonnante. À présent, il ne vivait plus, bien sûr, mais dans sa capsule, il semblait immortel.

– Ne le perds pas, surtout. C'est un porte-bonheur.
– D'accord.
– Regarde, j'en ai une, moi aussi.

Pasquale tira son amulette de sous le col empesé de sa chemise et la plaça à côté de celle de l'enfant. Toutes deux étaient identiques.

– Jusqu'à maintenant, grâce à ça, j'ai eu tout ce que je voulais : du fric, des filles, tout. C'est la Sibylle, une *magara* très puissante, qui les fabrique pour moi. Je ne l'enlève même pas pour dormir. Si je t'en ai offert une, c'est parce que je suis ton parrain, en quelque sorte.

Santino hocha la tête et glissa de nouveau le pendentif sous ses vêtements.

Assunta, sa mère, vint soudain se poster derrière lui.
– Ah, Pasquale, salua-t-elle d'un ton sec. Mon mari n'est pas là.
– Dites-lui d'être à l'heure au rendez-vous, demain. Il faut que je lui parle.

Sur ce, il lissa d'une main ses cheveux gominés, dit un rapide au revoir et remit ses lunettes noires.

Santino le regarda enfourcher sa Kawasaki. Pasquale lui paraissait trop bien habillé pour rouler à moto. Il avait l'air de se rendre à un mariage ou à un enterrement avec sa cravate, son pantalon noir, ses chaussures luisantes.

Il doit avoir plein de sous, pensa-t-il. *Pas comme papa. Son père à lui doit être quelqu'un d'important.*

Il alla ensuite embrasser sa mère. Ses petits bras faisaient le tour de sa taille.

– Dis… c'est lui qui trouve du travail à papa ?

Assunta serra les mâchoires.

– Pourquoi tu ne l'aimes pas, maman ?

– Parce que… parce que c'est un homme amer.

Elle serra son fils contre elle, puis le prit dans ses bras et rentra à l'intérieur.

Quand on lui transmit le message de Pasquale, Alfonso se renfrogna et haussa les épaules.

Toute la famille était à ce moment-là rassemblée dans la cuisine, la seule pièce de la maisonnette où il faisait bien chaud : maman, papa, papy Mico, le père de maman, et mamy Nunzia, sa femme, une petite vieille à la santé fragile.

– Je savais bien que ça allait mal tourner, fit remarquer papy Mico.

– Il veut me parler, c'est tout. Rien de grave, dit Alfonso, les yeux rivés sur son assiette.

Assunta s'énerva :

– Tu prends toujours tout à la légère ! Ces gens-là sont dangereux, de vrais scélérats…

– Tais-toi ! Sans *u Taruccatu*[1], nous n'aurions rien à bouffer, ce soir ! »

Santino tendait l'oreille avec avidité. *U Taruccatu* ?

– Il va falloir que tu y ailles, reprit Mico.

– Bien sûr que je vais y aller ! — Alfonso leva la tête et toisa son beau-père. — Je vais même emmener Santino.

Les deux autres le regardèrent avec étonnement.

– Croyez-vous que je l'emmènerais s'il y avait le moindre danger ?

– Santino doit aller à l'école et au catéchisme, protesta sa mère. Il faut qu'il prépare sa première communion.

– Il la préparera un autre jour ! répondit Alfonso, perdant patience.

– Laisse-moi y aller, maman ! Je le connais déjà, mon catéchisme.

– Tu n'iras nulle part !

Assunta attrapa son fils et le pressa contre elle. Santino se débattait, humilié, les larmes aux yeux, quand Mico leva la main :

– Assunta, arrête de jouer les mères poules. Santino est toujours dans tes jupes, comme un bébé.

– Ce n'est pas vrai !

Santino tenta encore de se dégager des bras maternels. Son grand-père ignora sa remarque :

– Alfonso, emmène-le avec toi. C'est une bonne idée.

Le silence se fit dans la cuisine. Résignée, Assunta

---

1. Littéralement « le passionné de tarot », en sicilien ; désigne un homme superstitieux qui consulte les cartes avant chaque prise de décision.

ouvrit les bras et libéra son fils. Le garçon courut se réfugier près de son grand-père. Le vieux avait toujours le dernier mot ; jamais personne n'aurait osé s'opposer à l'une de ses décisions.

Afin d'être sûrs d'arriver à l'heure à Poggioreale Vecchia, ils partirent à cinq heures du matin. C'était une journée morose : il pleuvait, et le ciel trop bas évoquait une masse de plomb fondu. La pluie voilait la campagne encore aride.

Malgré tout ce gris, Santino était enchanté. Il était seul en voiture avec son père, installé sur le siège avant : le rêve.

– Papa, c'est comment, Poggioreale ?

– C'est un village qui a été frappé par un tremblement de terre. Plus personne n'y habite. Mais les façades des maisons sont encore debout, prêtes à s'écrouler si on souffle dessus, ajouta-t-il avec la grosse voix de quelqu'un qui raconte une histoire d'ogres.

Santino se mit à rire.

– Avant, on pouvait encore y entrer en camion et emporter des balustrades de balcon, des morceaux de marbre ou bien des portes. Des éléments de valeur que les touristes payaient en dollars.

– Tu veux dire qu'il y avait des voleurs ?

– Oui, et c'est pour ça que les flics ont dressé un grillage tout autour du village. Il n'y a plus que deux accès piétons. Car si on est à pied, on ne peut pas prendre grand-chose – une brique ou deux tout au plus !

– On pourra entrer, dis ?
– Non.
– Pourquoi ?
– Parce qu'il faut rester bien au milieu de la rue si on ne veut pas recevoir une pierre sur la tête, et que je ne te fais pas confiance. Tu es un vrai chien fou !
– Ce n'est pas vrai !

Ils se turent quelques minutes. La pluie tambourinait sur le toit de la voiture.

– Papa, c'est qui, *u Taruccatu* ? dit brusquement Santino.

Alfonso éclata de rire.

– Celui avec qui nous avons rendez-vous.
– Je le connais ?
– Évidemment.
– Mais je croyais qu'il s'appelait Pasquale ?
– Tu sais bien que tout le monde porte un surnom, ici !

Les yeux de Santino se mirent à pétiller.

– Moi, quand je pense à lui, je l'appelle « La belette ». Comme celle qui est dans notre cuisine.
– Tu as raison, il ressemble à notre belette empaillée ! s'exclama le père, toujours souriant. Nous, on l'a surnommé *u Taruccatu* parce qu'il est terriblement superstitieux.
– Alors moi aussi, je l'appellerai comme ça. *U Taruccatu*.
– Pas devant lui, surtout…
– Bien sûr que non !

Alfonso se tourna vers son fils.

– Voyons un peu si tu devines : lequel de mes amis est surnommé *Steccasicca*[1] ?

Santino réfléchit. Il ne connaissait pas tous les amis de son père. Il se lança :

– Alberto ?

– Raté ! Voyons, lequel d'entre eux marche comme s'il avait un balais enfoncé dans le...

– Giuseppe !

– Bravo ! Et qui est *u Surcio*[2] ?

– Alberto ?

– Exact. Et *u Curtu*[3] ?

Le jeu dura encore un bon bout de chemin. Santino ne s'était jamais senti si proche de son père.

– Et toi, papa, comment on te surnomme ?

Tout en gardant les mains sur le volant, Alfonso pencha la tête jusqu'à effleurer de sa bouche l'oreille de son fils et prononça un mot. Santino ouvrit de grands yeux admiratifs.

– On t'appelle vraiment comme ça ?

– Oui.

– Pourquoi ?

– Sûrement à cause de ma grande intelligence ! répondit Alfonso.

Et tous deux partirent d'un grand rire.

---

1. Littéralement, « le bâton sec », en sicilien.
2. Le souriceau.
3. Le petit.

Quand ils arrivèrent en vue de Poggioreale Vecchia, Santino repéra tout de suite la Kawasaki de Pasquale garée sur une place déserte, face à la grille donnant accès aux ruines.

– Reste ici, ordonna Alfonso. Ne sors de cette voiture sous aucun prétexte.

Troublé par le ton autoritaire de son père, qui rompait si brutalement avec la chaude intimité du voyage, Santino hocha la tête.

Alfonso descendit et attendit debout à côté du véhicule. Il ne pleuvait presque plus à présent.

La moto était là, mais *u Taruccatu* n'était visible nulle part.

Enfin, Santino l'aperçut de l'autre côté de la grille, dans la rue principale de la ville fantôme. Le jeune homme venait vers eux, les yeux dissimulés derrière ses lunettes.

Alfonso s'en alla à sa rencontre.

Ils se rejoignirent sur le parking et se mirent à discuter. Santino n'entendait rien. Il ouvrit la fenêtre ; c'était mieux, même si le vent froid lui gelait le nez.

U Taruccatu se plaignait du retard d'Alfonso.

– Mais pourquoi es-tu rentré dans la ville ? contre-attaqua ce dernier.

– J'avais envie de pisser.

– Bon, et pour quelle raison m'as-tu fait venir jusqu'ici ? Tu as du travail pour moi ?

U Taruccatu changea subitement d'expression. Sa moustache sembla vibrer et il prit un air féroce.

– Pauvre con ! Tu croyais que ça ne se saurait pas ? Je

t'ai déjà averti une fois ! — Il criait, le corps parcouru de tremblements. — Ça ne lui a pas plu du tout, à mon père. Il a fallu que je te défende, espèce de…

Il ne termina pas sa phrase, mais joignit ses mains sur sa poitrine pour former un X, les index croisés vers le bas. Santino reconnut le geste : c'était une manière de traiter quelqu'un d'idiot, de demeuré. Il continua à tendre l'oreille, de plus en plus anxieux.

Son père paraissait embarrassé.

– Je ne pensais pas que… ce n'est pas grand-chose… une somme ridicule…

Pasquale était désormais pris de tics. Il postillonnait en parlant.

– Le propriétaire de l'entrepôt nous payait le *pizzo*[1] régulièrement, et toi, tu lui piques sa marchandise ! Tu n'es qu'un crétin. Je ne peux plus te protéger.

Santino était horrifié. Pasquale ne semblait plus le même. Son père non plus : il s'excusait platement, baissait les yeux.

– Donne-moi un autre boulot, implorait-il. Même risqué…

– Tu es tombé en disgrâce, comment dois-je le dire pour que tu te le mettes dans la tête ? Il va falloir que tu attendes. C'est pour ça que je t'ai convoqué : pour te prévenir de ne plus faire de conneries. Tu travailleras quand on te le dira.

---

[1]. Le *pizzo* est une somme d'argent que les propriétaires d'entreprises et de magasins doivent verser mensuellement à la Mafia en échange de sa « protection ». Ceux qui refusent de payer peuvent être ruinés, voire assassinés.

– Mais comment je vais m'en sortir, moi ? Tu sais bien que j'ai une famille à nourrir…

– C'est ton problème. Et fais gaffe à ne plus nous faire de coups pareils.

Pasquale planta là Alfonso et repartit vers sa Kawasaki. Ce n'est qu'en l'enfourchant qu'il remarqua la présence de Santino dans la voiture.

L'enfant soutint le regard froid et impersonnel de ses lunettes noires.

U Taruccatu cracha par terre et démarra bruyamment. Quelques secondes plus tard, il avait disparu.

Pendant tout le voyage de retour, le père et le fils n'échangèrent pas un mot.

6
(Lucio)

Ce matin, Ilaria fait toujours la tête à cause d'hier. Nous marchons en silence vers l'école maternelle.

– Moi non plus, je n'ai pas joué avec Ricky, dis-je pour briser la glace.

– Je m'en fiche. Maman dit que si tu continues comme ça, tu devras retourner chez la psychologue.

– C'est moi qui décide si je veux y aller ou pas.

– Maman a dit aussi qu'elle ne sait plus quoi faire de toi. Si ça ne change pas, elle te renverra là-bas.

– Au cas où tu n'aurais pas compris, ce n'est pas une punition !

– Ah bon ?

– Non. J'aimais bien y aller.

– C'est quoi, une psychologue ? demande alors Ilaria, contrariée.

– Quelqu'un qui… qui veut que tu lui racontes des choses…

– Quelles choses ?

Ma sœur ne peut pas se souvenir du temps où j'allais deux fois par semaine parler avec Mme Ventura. Celle-ci me faisait faire des dessins, je lui faisais part de mes cauchemars. Dans ses yeux, jamais un reproche. Mais j'ai grandi. Je n'ai plus besoin d'elle. Mme Ventura appartient à une période de ma vie à laquelle je n'ai plus envie de penser.

– Ça suffit. Tu m'embêtes.

– Il n'y a que les méchants qui vont voir la psychologue ?

Je la dévisage, soudain grave :

– Tu trouves que je suis méchant, Ilaria ?

– Quelquefois.

– Et maintenant ?

– Non, ça va. Mais, je ne comprends pas, pourquoi tu allais la voir, la psychologue ?

– Parce que j'étais triste que papa soit parti pour le Venezuela. Il me manquait. Il me manque encore.

– Je l'ai déjà vu, moi, papa ?

– Non. Tu es née après son départ.

– Il n'y a même pas une photo de lui, à la maison.

– C'est vrai…

Ilaria s'arrête net. Devant nous, un chat gris est allongé par terre, dans une position étrange, comme désarticulé. Je ne distingue pourtant pas de blessure. Nous nous approchons et je m'immobilise, serrant la main de ma sœur pour l'empêcher d'aller plus loin.

– Il est mort, dis-je.

– Il est mort hier, chuchote Ilaria d'une voix lente.

– Pourquoi hier ? Il doit être mort ce matin, sinon quelqu'un l'aurait déjà enlevé de là.

– Non. Hier. — Elle ne quitte pas le chat des yeux. — Hier, répète-t-elle avec obstination.

– Allez, viens, dépêchons-nous. Il est tard.

Je la tire derrière moi. Inutile de discuter avec elle.

Nous contournons le petit cadavre pour poursuivre notre chemin. Ma sœur avance à regret en affirmant à mi-voix :

– Personne ne va mourir, aujourd'hui.

On dirait qu'elle veut s'en convaincre elle-même, n'ayant pas réussi à m'en convaincre, moi.

– On est arrivés, dis-je. À tout à l'heure.

Ilaria se dirige seule vers la porte de l'école maternelle.

De mon côté, je cours vers le collège. En classe, je m'installe à ma place habituelle, à côté de Marco, un gros garçon tranquille et bosseur. Il me laisse copier. Nous devons échanger au maximum dix mots par jour.

Il faut dire que je ne parle pas beaucoup avec les autres non plus. Mais ça me convient très bien. Je les trouve tous assez puérils.

Pas Monica. Elle, elle est différente.

Je fais les courses au *Mercato centrale*, le marché couvert, où on trouve de tout. J'y vais le samedi après-midi avec Ilaria. Elle aime m'y accompagner car je lui achète toujours une sucrerie ou une bricole en plastique.

La halle ressemble à une immense gare du XIXe siècle.

À l'intérieur, plusieurs escaliers, et un très haut plafond en verre et en fer. Les étals forment de longues allées où il est difficile de circuler à cause de la foule. Je tiens ma sœur par le poignet pour ne pas la perdre ; plus elle essaie de se dégager, et plus je le serre.

L'argent que me donne ma mère est compté. Nous déambulons donc longtemps pour dégoter les légumes les moins chers. Pour le poisson, je vais voir Carmelo, le Sicilien. Parfois, il m'en offre des petits pleins d'arêtes avec lesquels on peut confectionner une soupe, le *caciucco*.

Aujourd'hui, Carmelo travaille à côté d'une brune pulpeuse, aux grandes dents, enveloppée dans un châle noir. C'est la première fois que je la vois.

– Je te présente ma cousine, Gina, dit Carmelo. Elle est venue de Sicile pour me donner un coup de main. J'ai des vives qui sont si fraîches qu'elles sont presque vivantes, tu en veux ?

Je hoche la tête. Les vives sont des poissons qui piquent et qui ne sont pas faciles à préparer, ils ne coûtent donc pas très cher.

– Comment se fait-il que votre maman envoie deux petiots comme vous faire les courses ? s'étonne Gina.

Carmelo jette trois grosses vives sur sa balance.

– Leur maman ne va pas bien.
– La pauvre… Qu'est-ce qu'elle a ?
– Les jambes, je réponds.

Carmelo lance alors une exclamation, comme si une ampoule venait de s'allumer au-dessus de sa tête.

– Ma cousine est une *ciarmavermi*. Gina, tu pourrais aider leur mère, non ?

Je sais ce qu'est une *ciarmavermi*. C'est une guérisseuse, mais d'un statut inférieur aux *magare*. Une menteuse qui profite de la crédulité des gens tels que ma mère.

– Pas la peine, je marmonne.

Gina me regarde en haussant les sourcils, puis se désintéresse de la question et se tourne vers un autre client.

Je paie, et nous partons avec le sac de vives. Il pèse lourd. Carmelo y a ajouté gratuitement un peu de friture. Plus que les fruits et les légumes à acheter, et nous pourrons rentrer.

– C'est quoi, une *ciarmavermi* ? demande Ilaria.

– Une femme qui prétend pouvoir guérir les maladies.

– Elle charme les vers qui sont dans notre corps ? C'est pour ça qu'elle s'appelle comme ça ?

– Peut-être.

Ma sœur rumine cette idée et, plongée dans ses pensées, en oublie de me réclamer une friandise. Je lui achète tout de même une sucette arc-en-ciel. En la lui tendant, je lui dis d'un ton autoritaire :

– Ne parle pas à maman de cette femme. Compris ?

Ilaria me regarde comme si j'étais devenu transparent et baisse les yeux vers la sucette que je tiens encore dans ma main.

– Tu m'as bien compris ? je répète, d'un ton plus dur.

– Oui.

Une fois à la maison, je range les courses et allume la télévision. C'est l'heure des informations ; je les regarde tous les jours. Les professeurs tiennent en effet à ce que nous soyons au courant de l'actualité. Je l'ai expliqué maintes fois à maman et à Ilaria, que ma manie agace.

À la fin du journal, je vais m'enfermer dans ma chambre pour faire mes devoirs.

Une demi-heure plus tard, la porte s'ouvre brutalement. Ma mère a un drôle d'air.

– Lucio, Ilaria m'a dit que vous aviez rencontré une *ciarmavermi* au marché. Pourquoi tu ne m'en as pas parlé ?

– Je t'ai demandé mille fois de frapper avant d'entrer !

– Tu sais bien à quel point j'ai besoin de voir une *magara* !

– Tu ne peux pas aller là-bas, de toute façon.

– Non, mais elle peut peut-être venir ici. Demain, va lui demander si elle peut faire une visite à domicile. Je suis prête à la payer le prix qu'il faudra. Insiste jusqu'à ce qu'elle accepte !

Je reste muet, ne trouvant aucune bonne raison de refuser.

– Elle peut peut-être me débarrasser du sortilège. Fais-la venir, je t'en supplie ! Si vraiment elle refuse, je prendrai un taxi pour aller jusqu'à elle.

Le seul taxi que ma mère ait jamais pris, c'est celui qui l'a conduite à l'hôpital, le jour de la naissance d'Ilaria. Je secoue la tête, résigné.

– D'accord. J'irai la voir demain.

Maman me prend la main, plonge ses yeux dans les miens.

– Tu es le meilleur des fils. J'ai vraiment de la chance.

Elle a prononcé ces mots en sicilien, gravement, avec emphase, comme s'il s'agissait d'une conviction sacrée, de la seule certitude qui puisse tous nous sauver.

7
(Santino)

Du jour au lendemain, les repas des Cannetta furent réduits à des pâtes, des haricots, du pain, des olives, des oignons, et à quelques tomates encore vertes volées dans le potager du voisin.

Quand la faim se faisait pressante, papy Mico clignait de l'œil en direction de l'étagère de la cuisine où étaient rangés trois livres : un manuel d'agriculture, une *Vie des saints* et *L'Histoire du sport* gagné par Santino. À côté se pavanait la belette empaillée de Mico. Dressée sur ses pattes arrière, elle exhibait la longue bande blanche qui ornait son ventre.

– Qu'en dis-tu, Assunta, on pourrait peut-être la passer à la casserole ?

– Quelle horreur !

– Mais non, mais non. Je parie qu'elle a un bon goût de poulet !

La plaisanterie était répétée encore et encore. Cette belette faisait la grande fierté de Mico : il l'avait tuée à treize ans d'un coup de fusil, un jour où elle avait voulu s'en prendre à leurs poules. Fier de son fils, l'arrière-grand-père de Santino l'avait faite empailler.

Les murs glacials de la maison suintaient l'humidité. Santino ne renâclait plus pour aller à l'école : les salles de classe, au moins, étaient chauffées.

Alfonso, lui, disparaissait des journées entières et revenait le soir avec une poignée de chicorée sauvage, la mine abattue. Depuis son rendez-vous avec *u Taruccatu*, Santino ne l'avait plus vu rire.

Assunta se faisait du souci au sujet de la première communion de son fils. Celui-ci n'avait pourtant pas encore sept ans et aurait pu attendre un peu avant de la faire. Mais don[1] Vittorio, le prêtre qui devait célébrer la cérémonie et était considéré comme une sorte de saint patron dans toute la région, avait déjà un pied dans la tombe. Il avait été autrefois le curé de Tonduzzo ; c'était lui qui avait officié aux baptêmes, communions et mariages de tous les Cannetta. Il avait quatre-vingt-dix ans bien sonnés, habitait Palerme et, selon la rumeur, il n'en avait plus pour longtemps. Si on voulait que Santino suive la tradition familiale, il fallait donc se dépêcher.

Assunta s'était toujours promis de célébrer cet événement avec faste. Elle comptait inviter amis et parents éloignés dans un restaurant à la campagne, mais sans argent, le projet tombait à l'eau. Et autant dire que l'argent se faisait désormais extrêmement rare.

---

[1]. En Italie, « don » est un titre honorifique qui précède un prénom, utilisé principalement pour les hommes d'Église ou les parrains de la Mafia.

Ce n'était pas la misère totale, mais presque.

Un soir cependant, Alfonso revint et jeta quelques billets sur la table.

– J'ai trouvé du travail, annonça-t-il.

– On t'a déjà payé ? s'étonna Assunta.

– J'ai demandé une avance.

Elle scruta son mari, impassible. Compta les billets.

– C'est peu. Ça ne suffira même pas pour l'orchestre.

– Ce n'est qu'un acompte.

Comme souvent, tout le monde était réuni dans la cuisine. Santino dévisagea son père. Il ne comprenait rien. Pourquoi celui-ci n'était-il pas plus joyeux ?

Assunta prit les billets, les mâchoires serrées, et quitta la pièce pour les mettre en lieu sûr.

Mico interrogea son gendre du regard.

– De quoi s'agit-il ?

– De transport. On me fournit le camion.

– Quel genre de transport ?

Alfonso demeura silencieux, mais ne lâcha pas son beau-père des yeux.

– Je vois, commenta sèchement Mico. Des marchandises volées.

– Volées… volées… Peu importe. Je dois conduire le camion jusqu'au port de Messine. Le reste, ce ne sont pas mes oignons.

– Fais attention à ne pas offenser don Ciccio de nouveau. Tu as déjà eu affaire à son charmant fiston.

Santino comprit alors que son grand-père faisait allusion à Pasquale. *U Taruccatu* était le fils de don Ciccio, le parrain local ! Voilà qui expliquait la grosse Kawasaki et les vêtements chics.

– Bah ! Celui-là, il parle, il parle… Il voulait me fiche la frousse, c'est tout. Mais je n'ai pas peur de lui. De toute façon, ce n'est pas un homme d'action.

Mico secoua la tête.

– Tu es sûr que ceux qui t'ont donné ce travail sont en bons termes avec don Ciccio ?

– Sûr et certain. Ils ne paient pas le *pizzo*.

– Tu n'aurais pas pu trouver autre chose ?

– On ne veut de moi nulle part.

Un mois passa, et dans les collines autour de Tonduzzo, le froid ne s'atténuait pas. Un vent cinglant balayait les nuages : le ciel était d'un bleu aussi pur que le manteau de la Vierge.

La communion de Santino approchait. La paroisse de Tonduzzo prêterait l'aube ; la petite église de San Cataldo, à Palerme, fournirait les fleurs en l'honneur de don Vittorio. Ne restait plus que le repas à payer. Assunta avait déniché une table d'hôte non loin de Palerme, mais la paie d'Alfonso suffisait à peine à faire vivre les cinq membres de la famille Cannetta. Même l'achat d'un dentier pour mamy Nunzia avait été reporté *sine die*.

La seule idée de renoncer à cette fête rendait Assunta malade. Afin de pouvoir réserver le restaurant, elle s'était donc abaissée à demander à toutes ses relations de lui prêter de l'argent, mais n'avait récolté qu'excuses et témoignages de sympathie, rien de plus. Elle s'était même rendue à Salemi en car pour consulter une *magara* de sa connaissance. Celle-ci lui avait affirmé que la famille devait à tout prix organiser un déjeuner pour au moins cinquante convives : l'hostie offerte par don Vittorio serait ainsi doublement sacrée. La fête éloignerait les esprits malins et jaloux de Santino. D'ailleurs, il ne faudrait pas oublier ces derniers au restaurant, et préparer au minimum trois couverts supplémentaires, auxquels seraient servis, en premier, les meilleurs morceaux. Sans un tel repas, la cérémonie risquait de tourner à la catastrophe.

Santino avait essayé de convaincre sa mère qu'il ne voulait pas de cette fête, mais elle s'était obstinée. C'était un devoir social ; il en allait de l'honneur de la famille. Et puis la *magara* avait prédit de grands malheurs pour tous les Cannetta s'ils n'offraient pas un vrai banquet.

Du coup, Alfonso passait toutes ses journées à conduire son camion, et dès qu'il rentrait, sa femme le harcelait au sujet de la communion.

– Laissons tomber le repas, lança-t-il un soir d'un air sombre.

Mamy Nunzia secoua la tête.

– Le repas ? Quel repas ?

On dut lui réexpliquer toute l'histoire.

– Il n'y a qu'à le faire ici, dans la cuisine ! proposa-t-elle en riant.

– Sans une véritable fête dans une belle salle, pas de communion ! s'exclama Assunta, se gardant d'ajouter qu'il fallait compter trois couverts de plus pour les esprits envieux.

Mico, le grand-père, qui s'était tu jusque-là, dévisagea les membres de sa famille un par un. Quand il fut certain d'avoir toute leur attention, il fit son annonce :

– Dans ce cas, je vais chercher du travail, moi aussi.

Un silence stupéfait envahit la pièce.

L'homme avait un corps sec et de grandes mains noueuses, mais il avait surtout un âge vénérable, des douleurs aux articulations, des poumons malades et une toux persistante. Comment pourrait-il seulement travailler ?

À la vue de leurs visages ahuris, il sourit.

– Juste parce que je suis vieux, vous me croyez incapable de faire quoi que ce soit pour aider la famille ?

Le regard de connivence qu'échangèrent son père et son grand-père n'échappa pas à Santino. Ces deux-là avaient une idée derrière la tête.

Une semaine avant la date fixée pour la communion, Mico sortit tôt, un matin, en compagnie d'Alfonso. Tous deux ne revinrent qu'à la nuit tombée. Le lendemain, Assunta trouva sur la table de la cuisine de quoi payer le restaurant et même le dentier de Nunzia. Comment s'étaient-ils procuré cet argent ? Cela ne la regardait pas. Elle finit par se convaincre qu'il s'agissait d'un miracle de la *magara* de Salemi. Et puis quoi qu'aient fait son père et son mari, ils l'avaient fait pour la famille, pour le petit, donc cela ne pouvait être qu'une bonne action.

Les jours qui suivirent furent heureux. Le père et la mère souriaient gaiement, échangeaient des caresses. Ils laissaient Santino se glisser entre eux deux pour un câlin-sandwich, où ils tenaient le rôle des tranches de pain, et l'enfant celui du fromage au milieu.

8
(Lucio)

Gina, la *ciarmavermi*, a cédé à mes supplications et accepté de nous rendre visite dimanche prochain. Depuis, ma mère me laisse faire ce que je veux.

Je vais voir Monica tous les jours. Nous bavardons longuement. Elle me parle de films, et je lui rapporte les nouvelles les plus juteuses entendues aux informations.

Quand j'évoque les meutes de chiens sauvages qui pénètrent la nuit dans les villes de Sicile et dévorent les passants, elle ouvre de grands yeux.

J'ai compris assez vite que Monica n'avait pas envie de m'inviter à entrer chez elle. Je monte donc la chercher et reste sur le palier pendant qu'elle enfile un manteau. Je l'aide ensuite à descendre l'escalier, même si cela n'est plus vraiment nécessaire : sa cheville va déjà beaucoup mieux.

Monica est la première fille que je fréquente à Livourne – ma mère ne compte pas, elle est trop vieille, et Ilaria trop jeune.

Quand je pense au jour où sa cheville sera complètement

guérie et où elle reprendra la danse, l'inquiétude m'envahit. Elle n'aura alors plus de temps à me consacrer. Et elle aura de nouveau besoin de son vélo.

Mais ce jour n'est pas encore arrivé. Je pédale jusque chez elle. Nous sommes samedi.

– Je ne pourrai pas venir demain, dis-je en m'asseyant sur le banc à ses côtés.

– Pourquoi ?

– Ma mère reçoit une visite, et je dois m'occuper d'Ilaria.

– Tu n'as qu'à emmener ta sœur ! »

Comment lui expliquer que je ne veux pas laisser ma mère seule avec la *ciarmavermi* ?

– Qu'y a-t-il, Lucio ?

Je la regarde, et mon visage se fait grave. C'est en quelque sorte devenu une habitude entre nous. Air triste : sourire de Monica.

J'observe sa bouche, douce, charnue. Ses yeux brillent d'un miroitement bleu et pénétrant. Je ne sais pas ce que je préfère : ses yeux ou ses lèvres ? J'aime aussi son nez.

– Quelque chose ne va pas. Je le sens, insiste-t-elle.

Surpris et un peu inquiet, j'entends ma propre voix lui raconter l'obsession de ma mère pour les *magare*. Je lui décris la *ciarmavermi* rencontrée au marché, sûrement une mystificatrice, et lui explique l'importance de ces femmes en Sicile. Là-bas, personne ne trouverait bizarre que maman puisse en consulter une, mais ici, à Livourne…

Poussé par mon désir de me confier, me voilà en train de révéler des secrets de famille. Où vais-je m'arrêter ?

— Heureusement, une *ciarmavermi* n'est pas aussi puissante qu'une *magara*. Elle ne peut pas vraiment lui faire de mal.

— C'est que tu y crois, toi aussi !

— Mais non ! Ce qui m'énerve, c'est qu'elle va lui soutirer de l'argent. Nous ne sommes pas riches, et…

Monica m'interrompt :

— Moi, je pense que la magie peut aider. Si on y croit, bien sûr.

Je reste sans voix.

— Ici, à Livourne, plein de gens adressent leurs vœux à la Madone, dans le sanctuaire de Montenero. On dit qu'elle fait des miracles. Tu y es déjà allé ?

Je secoue la tête, incrédule.

— À mon avis, continue Monica, ces miracles sont tout aussi valables que ceux des *magare* siciliennes. Mon père et ma mère sont athées, mais papa dit que chacun a le droit d'avoir foi en ce qu'il veut, et qu'on ne doit pas juger les croyances des autres.

— Toi aussi, tu es athée ?

Elle réfléchit. Une petite ride que je ne lui connaissais pas se forme sur son front.

— Je ne sais pas… Mais je dois te dire quelque chose, Lucio, fait-elle en levant la tête.

Mon cœur se met à battre plus vite.

— J'ai… j'ai un petit frère qui a un an. Duccio. Je ne t'en ai pas encore parlé, parce que… — Elle s'arrête.

Ses lèvres tremblent. — Duccio est né très prématuré, poursuit-elle dans un murmure. Trop. — Elle se ressaisit un peu et enchaîne d'une voix faible. — Il a été placé dans une couveuse pendant très longtemps, puis il est rentré à la maison.

– Ilaria aussi ! Elle est née au septième mois ! je m'exclame, enflammé par cette coïncidence. Elle aussi a été en couveuse !

Monica lève une main pour calmer mon enthousiasme.

– Ta sœur est en pleine forme. Tandis que Duccio… on a découvert qu'il avait une maladie. Grave.

– Laquelle ?

– Il est épileptique. Il a déjà eu plusieurs crises. Il est si petit pourtant !

– Je suis désolé. Vraiment désolé.

Monica me fixe avec intensité.

– Mon secret, c'est que j'ai adressé un vœu à la Madone de Montenero.

– Ah, je réponds, un peu stupidement.

– Si Duccio guérit, je ferai réaliser un ex-voto pour le sanctuaire. Tu sais, un de ces petits cadres avec des remerciements, et j'arrêterai… je crois que j'arrêterai…

Je passe mon bras autour de ses épaules. Monica appuie sa tête contre moi.

– Tu arrêteras quoi ?

– La danse.

– Oh non ! Non, non !

Ma réaction est idiote, puisque si elle arrête un jour

la danse, c'est que son frère sera guéri, ce qui serait formidable.

Monica se redresse, s'essuie le nez sur sa manche, et me jette un regard humide plein de défi.

— Le problème, c'est que je me demande si je n'ai pas fait ce vœu pour une mauvaise raison.

— Comment ça ?

— Je crois que je commence à me lasser de la danse. Attention, tu le gardes pour toi, hein ?

— Et alors ? Où est le mal ?

— Tu ne comprends pas ? J'ai peut-être fait ce vœu dans l'espoir d'avoir une bonne excuse pour arrêter les cours. Dans ce cas, il ne vaut rien du tout, et je ne suis qu'une égoïste !

— Non, tu n'es pas égoïste. Ce n'est pas de ta faute si tu t'es lassée de la danse. Et tu verras, ton frère guérira, même sans ton vœu.

Elle baisse la tête.

— Je voudrais tant qu'il aille mieux !

Une pause. Monica se passe une main sur le visage.

— Tu sais tout. À toi, maintenant.

— Comment ça, à moi ?

— Je t'ai dit quelque chose que je n'ai jamais dit à personne. À ton tour.

Je m'écarte. Me lève. Lui tourne le dos.

— Mon secret, c'est que je n'ai pas de secret.

— Ce n'est pas vrai.

— Tu crois que je mens ?

— Oui.

Derrière moi, le silence. Puis un soupir d'impatience, et une voix agacée :

– Je connais ce genre de petit jeu. Tu m'as fait parler, et maintenant que c'est à toi de…

Je fais volte-face.

– Je t'ai fait parler ? Moi ?

Elle ne répond pas. Je n'ai cependant pas envie de me disputer avec elle, et annonce qu'il est l'heure de rentrer chez moi.

Monica se lève sans un mot, s'obstinant à ne pas croiser mon regard. Nous grimpons l'escalier sans échanger la moindre parole.

Elle ouvre la porte. Elle entre.

Nous ne pouvons pourtant pas nous quitter ainsi ! Je supporterais qu'elle se moque de moi, mais pas qu'elle disparaisse de la sorte.

– Il y a quelque chose que je n'ai jamais dit à personne !

Elle se retourne. Je poursuis à toute allure :

– J'ai un ami secret. Je l'appelle *le Chasseur*.

– Qui est-ce ?

– Je ne peux pas te le dire.

– Vous vous voyez souvent ?

– Je ne peux pas le voir.

Monica lève les yeux au ciel.

– Quelle bêtise, dit-elle lentement, presque gentiment, en me fermant la porte au nez.

9
(Santino)

Il enfila ses baskets rouges. C'était la troisième paire que son père lui offrait, toujours de la même marque. Ses pieds ne cessaient de grandir, et pour courir, il avait besoin de bonnes chaussures.

Il avait fallu toute l'autorité de Mico pour convaincre Assunta de laisser son fils venir avec eux. La première communion et le repas devaient avoir lieu le lendemain.

Quand ils furent prêts à partir, Assunta demanda d'un ton belliqueux :

– Vous me conduisez jusqu'au restaurant ? Je dois choisir les chansons de l'orchestre, arranger les fleurs…

– Et ta mère ? objecta Alfonso. Tu l'abandonnes ici toute seule ?

– Tu vois bien que le petit devrait rester ici ! Il lui tiendrait compagnie.

Santino fixa le bout de ses chaussures. Papa lui avait promis qu'au retour il pourrait descendre et courir derrière la voiture, afin de montrer à papy comme il était rapide.

– Nunzia se débrouillera très bien toute seule. — Mico haussa la voix. — Pas vrai, Nunzietta ?

La vieille sourit de sa bouche édentée :

– Allez-y, allez-y ! Je vais faire un petit somme.

Assunta s'installa sur la banquette arrière, à côté de son fils. Ils la déposèrent à la table d'hôte, une belle demeure en pleine campagne, agrémentée d'un verger et d'un grand jardin.

– Nous passerons te reprendre vers cinq heures et demie, lui lança Alfonso.

Et la voiture repartit. Plus personne ne disait mot.

Pas un souffle. Juste le silence.

Un silence bien trop pesant, pour Santino.

Personne ne lui avait expliqué pourquoi ils devaient retourner à la ville fantôme. L'enfant éprouvait un certain malaise quand il repensait à la scène dont il avait été témoin entre son père et Pasquale. Depuis, il n'avait pas revu le jeune homme ni sa Kawasaki. Tant mieux. Il préférait l'éviter, désormais. Il avait d'ailleurs décidé de retirer le talisman que l'autre lui avait offert et qu'il portait encore autour du cou ; à la première occasion, il s'en débarrasserait.

Santino n'y tenait plus. Le silence le mettait mal à l'aise. Il se mit à gigoter sur son siège.

– Papa, pourquoi on va à la ville fantôme ?

Alfonso ne répondit pas. Ce fut Mico qui se retourna et regarda son petit-fils dans les yeux :

– Pour une affaire importante. Nous devons rendre l'argent.

– Quel argent ?

– Celui pour la fête. Celui que nous avons rapporté à la maison, l'autre jour.

– Et maman ? Qu'est-ce qu'elle en pense ?

– Maman ne le sait pas encore, répondit Alfonso à voix basse. Nous lui dirons une fois de retour.

La gorge de Santino se noua d'appréhension.

– Elle avait mis les billets en lieu sûr…

– Nous les avons repris, dit Mico. Si on les lui avait demandés, elle aurait fait une de ces scènes…

– Mais dans ce cas… comment pourra-t-on payer le déjeuner ?

– Il n'y aura pas de déjeuner. Il faut que tu comprennes, Santino : il y a des choses bien plus importantes qu'une fête. Il faut qu'on restitue l'argent aujourd'hui.

Mico s'était rassis dans le bon sens. Santino se laissa retomber contre le dossier de son siège. Plus que déçu, il se sentait perturbé, l'esprit embrouillé. Ils avaient trompé Assunta, l'avaient conduite au restaurant pour qu'elle organise la fête et prépare les bouquets, alors qu'il n'y aurait pas de déjeuner.

– Et les invités ? demanda Santino. Oncle Turi, et tous les autres ?

L'espace d'un instant, il songea à ses cadeaux, envolés en même temps que les invités.

– Ils se feront une raison. Nous organiserons quelque chose à la maison, ou nous nous installerons dans le jardin des voisins. Et puis… — Mico se tourna de nouveau vers son petit-fils. — … il nous reste un petit espoir de pouvoir garder l'argent pendant quelque temps. Si *u Taruccatu* est disposé à négocier. C'est pour ça que nous n'avons rien dit à ta mère. Si ça se trouve, ce soir, nous rapporterons les billets et nous les remettrons à leur place, ni vu ni connu.

– Ah, tant mieux! — Santino s'accouda sur le siège avant afin de se rapprocher des deux hommes. — Maman ne se rendra sûrement compte de rien!

– Attention, c'est un tout petit espoir.

– Tout petit?

– Une miette d'espoir.

– C'est tout? Mais pourquoi est-ce qu'il faut les rendre, ces sous?

– Ton père et moi on a fait une bêtise.

– Mico, pourquoi lui dis-tu… le coupa Alfonso, qui était resté muet pendant tout ce temps.

Mico ne lui permit pas de terminer:

– Ton fils doit apprendre. Il faut qu'il tire les leçons de nos erreurs. Et il finira bien par le découvrir tout seul. Laisse-moi parler.

– Ce ne sont pas des choses qu'un enfant peut comprendre…

– Mais si, bien sûr. Tu vois, Santino, il y a une semaine, nous avons pris dans le camion une partie de son chargement. Des télévisions et des ordinateurs tout neufs.

– Vous les avez volés?

– Ne joue pas l'offusqué. Tu sais très bien que c'est le seul moyen de nous en sortir.

Santino se tut. Il le savait, effectivement, mais aurait préféré que papy n'en parle pas aussi crûment. Cela devenait trop réel.

— Il s'agissait déjà de produits volés, continua Mico. Nous les avons simplement repris aux voleurs et revendus à un ami à moi, qui nous les a payés comptant.

— Ce n'est pas vraiment voler, alors ? hasarda timidement Santino.

— Le problème n'est pas là. L'ennui, c'est que nous ne savions pas que ces transports de marchandises étaient organisés par les Zolfatari. Sans cesser de regarder Santino dans les yeux, Mico lui expliqua : C'est un clan ennemi de celui de don Ciccio, et maintenant, ils vont penser que c'est lui qui nous a ordonné de faire ça. Don Ciccio l'a très mal pris, car ce n'est pas du tout le moment pour lui de déclencher une guerre avec les Zolfatari.

— Oh !

— Et pour nous faire pardonner, nous allons rendre à Pasquale l'argent que nous avons gagné. Il le donnera à son père, qui pourra le rendre aux Zolfatari en gage de paix. Tu comprends ?

Santino était sur le point de pleurer. Son grand-père sourit :

— Garde tes larmes pour plus tard. Il y a quelque chose que nous voulons faire avant de restituer les billets : demander à *u Taruccatu* un délai supplémentaire. Mais s'il insiste, nous devrons les lui remettre tout de suite. Tu saisis pourquoi nous t'avons emmené, maintenant ?

– Non…

– Parce que cet argent était destiné à célébrer ta première communion avec don Vittorio. Nous voulons lui expliquer ça, à Pasquale. C'est quelque chose qu'il peut entendre : il est chrétien, lui aussi. S'il te voit tout malheureux, tout larmoyant, si toi aussi tu le supplies un peu, il nous le laissera peut-être. Après tout, il est bourré de fric !

– Je m'en fiche, moi, du restaurant ! se mit à crier Santino. Je ne veux pas de cadeaux !

De rage, les larmes lui montaient aux yeux.

– Mais ta mère ne s'en fiche pas, elle. Ça ne te suffit pas ?

Santino se laissa brutalement retomber en arrière, à la fois triste et furieux, et colla son visage à la fenêtre.

La campagne était semblable à la fois dernière, le sol encore durci par le gel. Santino reconnut le profil d'une colline qui ressemblait à un sein de femme. La ville fantôme se trouvait juste derrière.

– Je vais lui jeter son talisman à la figure, moi, à *u Taruccatu*, marmonna-t-il contre la vitre. Je vais lui cracher dessus !

Mico le défia du regard.

– Que dis-tu ? Tu vas faire quoi ?

– Rien. Rien.

Son grand-père tendit la main et lui pinça la joue.

– C'est bien. Quand on crache sur les chrétiens, on meurt seul, comme un chien. N'oublie jamais ça.

10
(Lucio)

Dimanche. Le rendez-vous avec la *ciarmavermi* est prévu à trois heures et demie. Cela fait déjà une heure que ma mère va et vient dans la maison en prenant appui sur les meubles, telle une mouche prisonnière.

Notre appartement comporte un salon et deux chambres. J'occupe la plus petite; dans l'autre, un grand lit où dorment ma mère et Ilaria.

On sonne à l'interphone.

Ma mère se lève pour aller ouvrir tout en faisant un geste qui n'admet pas de réplique : *filez!* J'emmène Ilaria dans ma chambre et referme la porte.

Nous demeurons debout au milieu de la pièce. Aux murs, des étagères pleines de livres et de trophées gagnés en Optimist : des médailles, des bateaux miniatures.

Nous nous dévisageons, muets, tendant l'oreille pour saisir les voix étouffées en provenance du salon.

– J'ai apporté des bougies. Et aussi un crucifix, des cartes, et un rameau d'olivier.

— Je vous en prie, entrez ici, si le lit ne vous dérange pas. Nous serons plus tranquilles.

Grincement de porte qui s'ouvre et se referme. Puis plus rien.

Ilaria est la première à se lasser d'écouter le silence.

— On joue ?
— À quoi ?
— Aux Barbies. Elles pourraient aller au marché.
— Je n'ai pas envie.
— On n'a qu'à jouer à la maîtresse sinon. Toi, tu serais l'élève et tu devrais réciter une poésie.
— Laquelle ?
— *Une souris verte*.
— Je ne la connais pas.
— Mais si. *Une souris verte, qui courait dans l'herbe…*

Je l'interromps.

— Tu ne veux pas rester sage pendant cinq minutes ?
— Tu dois réciter ta poésie !

J'insiste.

— Tu sais qui est cette femme ? Une magicienne.

Je me laisse tomber sur le lit, résigné. Une seconde plus tard, Ilaria s'assied près de moi.

— Une magicienne avec une baguette magique ?
— Bien sûr. Peut-être qu'elle va réussir à guérir maman.

Un frisson parcourt ma sœur de haut en bas, et ses yeux brillent d'excitation.

— Comment ?
— En lui donnant des petits coups sur les jambes avec sa baguette.

– Et après ça, maman pourra marcher ?

– Elle pourra marcher et… t'attraper !

Je la saisis par les épaules et la chatouille. Ilaria se débat, rit et demande entre deux petits cris :

– Est-ce que la magicienne pourrait faire revenir papa du Venezuela ?

– Papa n'est pas au Venezuela, dis-je en la lâchant.

Ses yeux deviennent soudain profonds et noirs comme des puits. Ses joues rouges étincellent.

– Ce n'est pas vrai ! Papa est au Venezuela et il nous envoie des sous tous les mois.

– C'est ce qu'on t'a dit. Mais moi, je connais la vérité. Il est en Russie.

J'ai pour mission de m'assurer qu'Ilaria se tienne tranquille à tout prix et qu'elle ne sorte pas de ma chambre. J'ai donc le droit de lui dire ce que je veux.

– En… Russie ?

– Oui.

– C'est où, la Russie ?

– Loin.

– Pourquoi est-il là-bas ?

– Il a été enlevé par des méchants. Des espions russes.

C'est comme si je pouvais voir tourner les rouages dans sa tête.

– Et qui nous envoie des sous, alors ? dit-elle sur un ton de défi.

– Un ami de papa qui habite au Venezuela.

– Pourquoi ?

– Par amitié pour lui. Papa est un grand savant,

même si peu de gens le savent. Il y a quelques années, il a mis au point une formule révolutionnaire, et les espions croient que c'est lui qui l'a.

– Une formule ?

– Oui. Je vais te la montrer. Il me l'a confiée avant ta naissance.

Je me lève et attrape mon cartable. En sors mon cahier de mathématiques. Puis, avec des gestes précautionneux, j'en extrais une feuille pliée en quatre. Je l'ouvre lentement. Des chiffres, quelques phrases.

– Regarde ! — Je tends la feuille à Ilaria qui la prend, hésitante. — C'est ça qu'ils cherchent. Avec cette formule, on peut…

Ma sœur a cessé de respirer. Elle examine le papier, front plissé.

– On peut… Tu as déjà vu de quoi sont capables les fourmis ? dis-je.

– De quoi elles sont capables ?

Ses yeux sont deux éclipses de Soleil. Si je continue à parler, ils vont dévorer son nez, sa bouche. Ilaria disparaîtra, et il ne restera plus d'elle que ces deux yeux flottant dans la chambre.

– Une fourmi peut porter sur son dos une miette de pain qui fait cent fois son poids. Tout le monde sait ça.

– Pas moi…

– C'est normal, tu es encore petite. Mais papa, qui a l'esprit scientifique, a eu une idée géniale.

– Laquelle ?

– Celle d'isoler du suc de fourmi, de le mélanger avec

de l'ortie distillée, de l'arôme de cerise et un fixateur.
– Je donne un coup sur la feuille du plat de la main. – Ça, c'est la formule du fixateur. Les quantités des ingrédients doivent être exactes, sans quoi ça ne marche pas.

– Et après ?

– On le boit. En avalant un verre de cette potion chaque jour, on devient aussi fort qu'une fourmi au bout d'une semaine : on peut soulever cent fois son poids. Toi, par exemple, tu pèses combien ?

– Je ne sais pas.

– Mettons quinze kilos. Si tu buvais cette potion, tu pourrais soulever… mille cinq cents kilos. Tu pourrais porter une voiture !

Ilaria pousse un énorme soupir.

– Tu comprends maintenant ? Les Russes aimeraient beaucoup obtenir cette formule. Mais papa ne veut pas la leur donner, parce qu'il sait qu'ils l'utiliseraient à mauvais escient.

Les petits doigts qui tiennent la feuille la serrent si fort qu'ils sont devenus blancs.

– Entre autres, ils en donneraient à tous les soldats de leur armée pour exterminer plus facilement leurs ennemis. Un seul Russe pourrait soulever dix, non, cent hommes et les jeter au loin. Comme ça !

Je fais tournoyer le cahier de mathématiques et l'envoie à travers la pièce. Puis je le ramasse et reprends la feuille des mains de ma sœur, avant de la glisser avec soin dans mon cahier. Tout aussi méticuleusement, je replace celui-ci dans mon cartable.

Ilaria, qui ne m'a pas quitté du regard lors de toutes ces opérations, semble vidée de son énergie. Ses yeux, revenus à une dimension normale, ont perdu tout leur éclat.

Elle gémit :

– Pourquoi est-ce que papa ne revient pas ?

– Il ne peut pas. Il est retenu prisonnier.

– Et pourquoi on ne va pas le délivrer ?

– On est trop petits. On n'y arriverait pas.

– Il n'y a qu'à utiliser la formule. Nous les lancerons tous en l'air, les Russes !

– Mais même avec la potion, on ne peut pas faire face à des millions de Russes.

– Je vais en parler à maman, alors. Elle est grande, elle.

– Non ! Maman ignore tout de cette histoire. Elle croit que papa est parti travailler au Venezuela. Si elle savait qu'il est prisonnier en Russie, elle pleurerait sans arrêt. Elle voudrait aller le libérer, et elle est si malade ! Il ne faut pas le lui dire, surtout pas. Promets-le-moi !

J'ai réussi à l'effrayer. Elle promet, croix de bois croix de fer.

– Si tu lui répètes ne serait-ce qu'un mot de tout ça, elle pourrait mourir de chagrin. Nous devons la protéger.

Ilaria hoche la tête, le menton tremblant.

Cette fois, je suis sûr qu'elle ne parlera pas.

La porte d'entrée claque.

La *ciarmavermi* !

Je bondis sur mes pieds et me précipite dans le salon. Ma mère se tient debout entre les deux fauteuils, pâle comme un linge.

– Lucio. J'avais raison, tu sais. Mais c'est pire, bien pire que je ne croyais !

Ilaria m'a rejoint et se colle à moi. Nous avons les yeux braqués sur maman. Elle a l'air hagarde ; peut-être même a-t-elle pleuré.

– Comment ça, pire ?

– Viens avec moi. Iliuccia, va jouer dans la chambre de Lucio. Va… allez… vas-y, je te dis !

À contrecœur, ma sœur s'éloigne à reculons, le pouce dans la bouche.

– Ferme la porte, Lucio.

J'obéis et je suis ma mère dans la grande chambre.

Elle pose ses mains sur mes épaules, les serre. Ses yeux brûlent.

– Le sort qu'on m'a jeté est mortel. Tu entends ? Mortel !

Je garde le silence. Lui dire que je ne crois pas à tout ça ne sert à rien.

– Les jambes, c'est le premier symptôme, poursuit-elle d'une voix blanche. La maladie va se répandre, jusqu'à détruire tout mon corps. Et la *ciarmavermi* m'a dit que le magicien qui jette un sort mortel est le seul à pouvoir le défaire.

– Et elle t'a demandé combien, en échange de ces précieuses informations ? je crache en me dégageant de son étreinte.

– Lucio ! Tu n'y crois pas… Mais elle, elle a compris tout de suite de quoi il s'agissait. Elle est intuitive et très douée.

– Combien ?

– Qu'est-ce que ça peut te faire ? Ça ne te regarde pas.

– Bien sûr. Ça ne me regarde pas.

Je sors de la chambre, j'enfile mon blouson, reviens en arrière et crie :

– Tu es complètement folle de croire un truc pareil !

Puis j'ouvre la porte de l'appartement et la claque de toutes mes forces derrière moi.

11
(Santino)

Santino, papa et papy attendaient dans la voiture, fenêtres fermées et moteur allumé. Le parking devant la grille de la ville fantôme était désert. Ils étaient en avance. Aucun d'entre eux ne parlait.

Tout autour, un calme absolu. Excepté le ronronnement du moteur. Même le vent était tombé. L'air était comme immobile.

Santino s'agitait. Il ne voulait pas supplier Pasquale. Cette histoire de première communion était idiote et humiliante. D'un autre côté, il souhaitait ardemment que sa mère récupère son argent et que la fête la rende heureuse. Sans s'en rendre compte, il tapait du pied contre le siège avant.

– Arrête, Santù, ordonna son père.

Il s'exécuta.

Il ne pensait plus aux cadeaux. D'autres choses étaient bien plus graves. Quand maman découvrirait que les billets avaient disparu, elle se changerait en furie. Finis les câlins ; il y aurait des disputes interminables. Et elle lui en voudrait à lui aussi.

Il recommença à trépigner, décocha un autre coup de pied.

– Ça suffit, Santino !

– Je m'ennuie.

– C'est toi qui nous ennuies !

Il se tut.

Tentant de se distraire, l'enfant se mit à dessiner sur la vitre embuée. Une petite maison, un bonhomme, plus grand que la maison. Un géant. Il effaça le tout de la main. Il pouvait maintenant apercevoir la clôture qui ceignait la ville et, de l'autre côté, une longue rue droite flanquée de bâtiments en ruine. À son extrémité, quelque chose remuait. Quelque chose de blanc.

Il nettoya la vitre avec plus d'application.

Une chèvre. C'était une chèvre.

Santino éprouvait une véritable passion pour les chèvres. Il les aimait tant qu'il refusait même de manger de l'agneau à Pâques – le prenant pour le petit de la chèvre.

– Papa ! Regarde !

– Quoi ?

– Il y a une biquette, là-bas ! Je peux aller la caresser ?

– Il vaut mieux que tu restes avec nous.

– Nous sommes en avance, intervint Mico. S'il veut y aller, qu'il y aille. Il ne peut que nous casser les pieds, ici. Mais Santù, tu ne t'approches pas des maisons, tu marches bien au milieu de la rue, d'accord ?

– Oui, papy !

Santino ouvrit la portière et sortit dans le froid. Il eut

aussitôt l'impression d'être libéré d'un poids. Il longea la grille jusqu'à l'entrée et pénétra dans la ville fantôme. La chèvre était relativement loin. Elle devait avoir trouvé quelque chose à brouter, mais quoi ? Impossible d'en juger.

Il fit bien attention à avancer au milieu de la rue poussiéreuse, loin des façades à moitié détruites et des branches tentaculaires qui en sortaient. Il se sentait protégé par le regard de son père et son grand-père. Ces derniers ne risquaient pas de le perdre de vue, avec ses chaussures rouges.

Le silence était impressionnant. Après quelques coups d'œil en direction des bâtiments, Santino décida de garder les yeux fixés sur l'animal. Trop de balcons tombés, d'escaliers détruits, d'intérieurs démolis. À force de les regarder, il craignait de voir les plantes grimpantes s'écarter pour libérer toutes les victimes du tremblement de terre. Des zombies aux corps broyés qui s'approcheraient lentement de lui…

Il envisagea un instant de revenir en arrière, tant cette atmosphère lui pesait. Il ne voulait cependant pas passer pour un trouillard. Et puis il y avait la petite chèvre blanche, si gracieuse. Il avait tellement envie de la toucher.

Il dépassa une construction semi-circulaire entourée d'arcades. C'était un théâtre éventré, mais cela lui évoqua plutôt une gigantesque mâchoire de monstre. Plus loin, un grand escalier couvert d'herbe, aux marches fendues, conduisait à un clocher presque intact.

Santino remarqua tout ça presque malgré lui. Les images pénétraient son esprit telles des photographies : des fenêtres vides, des échafaudages de métal soutenant des frontispices, des tas de gravats, des arbres décharnés, des voûtes encore intactes.

Il en avait assez de cet endroit lugubre, mais la chèvre, si blanche, n'était désormais plus qu'à quelques mètres. Il se mit à marcher sur la pointe des pieds, en retenant son souffle, pour éviter qu'elle ne s'enfuie.

— Bianca[1], murmura-t-il.

L'animal se tourna vers lui et l'observa de ses yeux doux, sans manifester la moindre peur. Ils étaient maintenant très proches. Pendant une fraction de seconde, Santino eut la sensation de ne faire qu'un avec elle et poussa un profond soupir pour laisser s'échapper un excès de plaisir. Il sentait la chaleur de l'animal, l'odeur de son poil. La chèvre et lui étaient les seuls êtres vivants dans ce village de morts. Il eut envie de l'embrasser, de la caresser.

Plus qu'un pas et il pourrait la toucher.

Mais, brusquement, la chèvre fit demi-tour et s'enfuit à grands bonds.

Santino crut d'abord l'avoir effrayée. Concentré comme il l'était, il n'avait en effet pas tout de suite perçu le bruit qui avait déchiré le silence.

Trois détonations, sèches, semblables à des coups de feu.

---

1. Blanche, en italien.

L'écho vibra dans l'air. L'animal avait disparu, l'abandonnant au milieu des ruines désertes. Le bruit était venu de l'extérieur, du parking.

Santino se mit à courir dans cette direction, furieux qu'on ait fait fuir sa chèvre. Il était encore loin quand il remarqua une voiture garée à côté de la leur. Deux hommes se tenaient là, immobiles, et lui tournaient le dos.

L'enfant poursuivit son chemin en hurlant, les yeux embués, les bras tendus en avant. Quand cette seconde voiture était-elle arrivée ? Où étaient papa et papy ? Ce n'étaient pas eux, là, devant !

À ses cris, les deux individus finirent par se retourner.

L'un d'eux était *u Taruccatu*.

Santino fit glisser son regard jusqu'à la voiture de son père.

Strié de taches de sang, le pare-brise en mille morceaux lui fit l'effet d'un train lancé à pleine vitesse. Pourtant, la voiture était toujours à sa place, de l'autre côté de la grille.

Santino ne voyait plus rien. La terre oscillait sous ses pieds.

Il cligna des yeux jusqu'à ce que l'image redevienne nette.

Derrière le verre brisé éclaboussé de rouge, deux corps inclinés. Et beaucoup de sang, partout.

– Papa, papa, papa, hurla-t-il en marchant lentement, s'efforçant de vaincre les mystérieux liens invisibles qui le freinaient, l'empêchaient d'avancer. Le monde n'émettait plus aucun son. Il n'entendait même plus sa propre voix. Il dut s'agripper à la clôture pour éviter de tomber.

Comme dans un cauchemar affreux, Mico avait le visage contorsionné et les yeux grands ouverts. Santino ne distinguait pas grand-chose du côté de son père, car celui-ci était baissé tel quelqu'un qui aurait cherché quelque chose sous son siège. Mais son dos était déchiqueté, et il lui rappela bizarrement les tomates que sa mère utilisait pour faire la sauce des pâtes.

Ni l'un ni l'autre ne répondit à ses hurlements. Ni l'un ni l'autre ne bougea.

Hébété, Santino vit alors Pasquale tendre le bras vers lui. Ses lunettes noires renvoyèrent un éclair. Il tenait quelque chose de sombre dans sa petite main féminine.

À l'instant où il comprit qu'il s'agissait d'un pistolet, Santino perçut la détonation, tel un bruit lointain dans un rêve.

Un bond, une secousse féroce, une douleur aiguë l'arrachèrent à son état de stupeur. Puis il retomba sur ses pieds.

Instinctivement, il se retourna pour s'enfuir. Son bras le brûlait, juste au-dessous de l'aisselle. Il se mit à courir comme il savait le faire : la poitrine en avant, à grandes enjambées, légères et rapides, le bras blessé collé au flanc. Un autre coup de feu résonna à ses oreilles. Ce fut encore l'instinct qui lui suggéra d'avancer en zigzag, comme dans les westerns, à la télévision. Il ne se souciait plus de rester à bonne distance des maisons.

Soudain, un bruit de pas se fit entendre. Quelqu'un lui courait après. Quelqu'un lui voulait du mal au point de vouloir le tuer. Il ne se retourna pas. Il n'en avait pas le temps. Il continua à fuir, poussé par l'adrénaline et la terreur.

La rue principale du village débouchait sur une vaste place. Santino s'adossa à un mur pour reprendre son souffle, soutenant de la main le coude de son bras blessé. Le bruit de pas se rapprochait. Il ne pouvait cependant pas voir son poursuivant, et vice-versa. Trop paniqué pour prendre une décision, l'enfant s'éloigna donc encore un peu et s'arrêta devant une grande porte à moitié détruite.

Derrière, un escalier en pierre. Les marches raides étaient couvertes de gravats, mais intactes. Du moins au premier coup d'œil : une cloison lui bouchait la vue. Impossible de savoir si cette issue débouchait sur le vide ou pas.

Pantelant, il posa sa tête et son épaule contre le chambranle de la porte. Devait-il essayer de se cacher ? Valait-il mieux qu'il se remette à courir ?

Un autre coup de feu éclata derrière lui.

Une douleur déchirante à la cuisse lui coupa le souffle. Sa jambe gauche ne le portait plus. Appuyé contre le battant, il parvint à ne pas tomber. Sa nouvelle blessure lui tordait les entrailles. Il sautilla sur sa jambe droite pour franchir le seuil, puis se mit à quatre pattes pour monter l'escalier comme un petit chien. Son supplice était atroce. Une lame de feu. Il n'avait jamais rien connu de tel, mais cela lui provoqua une autre décharge d'adrénaline. Il distinguait maintenant une seconde volée de marches, de l'autre côté de la cloison. Si après ça l'escalier s'interrompait, ce serait la fin.

Santino jeta un coup d'œil en arrière au moment d'amorcer son virage et aperçut Pasquale entrer dans la maison. Avec un effort extrême, il rassembla ses forces pour poursuivre son ascension et se traîna dans une pièce dont le sol était encore intact.

La lumière y était aveuglante. Il leva les yeux : il n'y avait plus de toit. Il se laissa alors tomber dans un coin et se recroquevilla sur lui-même. Il n'osait pas bouger de peur de voir le sol s'écrouler. Son corps le brûlait telle une torche.

De là où il se trouvait, l'enfant n'avait plus aucune visibilité sur l'escalier. Il attendit en retenant son souffle.

Il était pris au piège. À son tour de mourir.

Ça lui était égal. Papa et papy étaient déjà morts. À présent, *u Taruccatu* allait se charger de lui. Il l'entendait monter. Santino repensa à sa courte vie. Il fut pris de pitié pour sa mère, regretta de ne jamais avoir pu naviguer sur un de ces petits bateaux à voile dont il ne se rappelait plus le nom. Adieu les cadeaux, aussi. Il allait mourir sans avoir fait sa première communion. Il songea à ses amis, à leurs parties de billes. C'était sans nul doute lui qui possédait les plus belles. Sans cesser d'y penser, il baissa la tête pour ne pas voir Pasquale le viser. Ses mains étaient couvertes de sang. Le sien. Ses chaussures rouges étaient également tachées, mais cela se remarquait moins.

Encore des pas, toujours plus proches. Pasquale devait être tout près désormais.

Il ferma les yeux, arrêta de bouger. Il se concentra sur la couleur de ses billes. Trois rouges opaques, une bleu foncé, aussi transparente que la mer à Mondello. Il y en avait également deux d'un blanc laiteux, mais celles-là l'angoissaient un peu, elles ressemblaient trop à des yeux éteints. Et puis sa préférée, la turquoise. Il aurait voulu qu'elle soit là, dans sa poche.

Il urina, et trempa son short. Tant pis. Il avait envie de dormir.

Un grondement sonore le sortit de sa torpeur. Il ouvrit les yeux.

Quelque chose s'écroulait. Il perçut le vacarme de grosses pierres en train de rouler, suivi d'un grand cri. L'air s'emplit de poussière. Celle-ci s'élevait du rez-de-chaussée, jusqu'à l'endroit où il s'était recroquevillé, pénétrant dans ses yeux, son nez, sa bouche, qu'il était contraint de garder ouverte pour pouvoir respirer.

En bas résonnaient des imprécations. Des gémissements de douleur. Des jurons. Une autre voix d'homme, inconnue.

Santino essaya de distinguer ce que disaient ses poursuivants, mais ses oreilles bourdonnaient. Il comprit qu'il était sur le point de s'évanouir. Maintenant, ils n'allaient pas tarder à recommencer à monter. Tous les deux. Il tremblait de tout son corps mais, étrangement, la douleur à son genou et à son épaule s'était réduite à une double pulsation désagréable. Comme si bras et jambe ne lui appartenaient plus. Les voix des deux hommes s'étaient également atténuées, comme si elles provenaient d'une distance sidérale ; pourtant, Santino savait qu'ils étaient toujours là. Il ne voulait pas les entendre. Ces voix représentaient la Mort. Il se laissa donc glisser dans ce vide ouaté qui l'attirait, ce vide doux et accueillant, qui lui semblait être une bonne cachette. Et il s'évanouit.

Ce fut la douleur qui lui fit reprendre connaissance. Aiguë. Telle une aiguille cruelle, elle perforait son corps endormi. Puis la mémoire lui revint par bribes. Le dos de son père, les yeux de Mico. Non, ça ne pouvait être qu'un cauchemar. Il avait rêvé. Les cauchemars, il fallait les oublier de suite. Mais pourquoi était-il par terre ? Et où ?

Le silence régnait et, dans la pénombre, Santino aperçut avec étonnement le plancher ouvrant sur un gouffre, le mur irrégulier qui s'arrêtait à mi-hauteur. Il leva les yeux. Pas de toit. Le ciel s'assombrissait.

Alors il se souvint.

La poursuite. Les coups de feu, l'escalier. Où étaient Pasquale et l'autre homme ? Aucun bruit ne lui parvenait. Étaient-ils partis ? Il avait dû se passer quelque chose. L'escalier s'était sans doute écroulé. Voilà pourquoi ils l'avaient abandonné là. Ils n'avaient pas pu le rejoindre.

C'était du moins une possibilité. Ils étaient peut-être aussi tapis quelque part en bas, silencieux, attendant qu'il redescende.

Santino tendit l'oreille pour tenter de percevoir leur respiration, mais fut pris d'une étrange faiblesse. Sa bouche était comme pleine de sable et il voulut cracher, mais il n'avait pas de salive. Il ne trouvait pas la force de bouger. La souffrance le fit gémir doucement.

Il s'évanouit de nouveau.

Quand il reprit conscience, tout était noir. Au-dessus de sa tête, le ciel étoilé. Sous son dos, le dur sol de pierre. Sur le moment, sa seule pensée fut : *Il fait nuit.*

Un grand froid le saisit. Sa gorge était sèche, ses lèvres gercées. Sa jambe lui faisait mal, et une seconde après l'autre, le poinçon de la douleur se plantait de plus en plus profondément dans sa chair. Mais son pire tourment était sans nul doute la soif. Elle lui embrumait le cerveau.

Il se déplaça légèrement et toucha de son bras intact sa blessure à la cuisse, là où son short laissait la peau à découvert. Elle était humide. Avec effort, il porta à ses lèvres ses doigts maintenant imprégnés d'un liquide poisseux. Son propre sang. Il lécha et cracha, pour nettoyer sa bouche pleine de poussière, répétant l'opération à plusieurs reprises, toujours avec lenteur, sans penser à rien. Bientôt, il ne cracha même plus. Le mouvement de sa main lui demandait trop d'énergie. Son bras retomba. Il perdit connaissance encore une fois.

12
(Lucio)

Je me dirige vers le vélo de Monica, bouillant de rage.

Avec l'argent que ma mère a donné à la *ciarmavermi*, j'aurais sans doute pu en acheter un comme celui-ci. Mais le pire, c'est que maintenant maman se croit condamnée. Je me maudis d'avoir convaincu cette mégère de venir chez nous. Je maudis Ilaria de n'avoir pas su tenir sa langue.

Je retire l'antivol et me mets à pédaler, furieux. Je ne sais même pas où je vais. Pas chez Monica : elle lit dans mes pensées, et quand je suis hors de moi, je ne me maîtrise plus. Si je voyais encore la psy, c'est chez elle que j'irais. Je pouvais lui parler de mes angoisses, dire des gros mots, m'énerver, pleurer ; rien ne semblait la démonter. Mais à présent, je dois me débrouiller tout seul. De toute façon, j'allais chez Mme Ventura à des heures fixes, pas quand l'envie m'en prenait.

Après avoir roulé au hasard des rues pendant une heure, je décide de rentrer. Ma mère se croit à l'article de la mort, et je l'ai laissée toute seule en compagnie d'Ilaria – qui lui parle peut-être des Russes, par-dessus le marché.

À mon retour, ma mère est assise dans un fauteuil, Ilaria sur ses genoux, les yeux fermés. Elle est en train de lui lire un conte de fées et ne s'interrompt même pas quand je m'approche.

Je m'accroupis près d'elles et j'écoute. Au bout d'un moment, ma sœur ouvre les yeux, me voit et me fait signe de m'éloigner. Ma mère continue de lire à voix basse. Je vais dans ma chambre.

Je m'allonge sur mon lit sans même enlever mes chaussures. Je ne sais pas pourquoi je me sens aussi déprimé.

Juste en dessous est rangée ma caisse à outils pour l'Optimist. Je les passe souvent en revue, en hiver, pour vérifier que tout est à sa place : gros rouleau de scotch, tournevis, petit couteau, mousqueton, papier de verre, et plein d'autres choses encore.

J'attrape la caisse et y prends le couteau. C'est un couteau de poche indien qui trônait au milieu d'une vitrine, dans le centre-ville. Il s'ouvre et se referme facilement, sans ressort, et son manche en bois est décoré de cabochons de cuivre. Une fois extraite du manche, la fine lame paraît longue et effilée. Un outil qui commande le respect. Le marchand qui me l'a vendu hésitait, à cause de mon âge ; mais je lui ai montré ma carte du club de voile et lui ai expliqué que cela faisait partie de l'équipement requis. J'avais soustrait la somme nécessaire à son achat aux courses hebdomadaires.

J'ouvre le couteau, caresse du bout des doigts la lame aiguisée. Je tâte ensuite le fond de la boîte pour y sentir les lettres destinées au Chasseur. Je n'en ai écrit que cinq, cet hiver. Elles attendent l'été. La caisse remise à sa place, je me rallonge. J'arrange l'oreiller sous ma tête et regarde le plafond. Finalement, je m'endors.

Je me réveille au bout de trois quarts d'heure après avoir rêvé que j'étais poursuivi par un torrent de lave. Je courais à perdre haleine dans une plaine désolée, slalomant entre des arbres squelettiques.

Aucun bruit ne m'arrive du salon. Je me lève, entrebâille doucement la porte.

Ma mère coud dans son fauteuil, seule désormais. Elle a chaussé ses lunettes de vue pour broder un drap, celui sur lequel elle travaille depuis une semaine. Elle ne m'a pas entendu, et je la fixe longuement.

C'est étrange : quand on regarde une personne familière qui ne se sait pas observée, on voit émerger un inconnu.

Ainsi penchée sur son ouvrage, ma mère ressemble à une vieille paysanne. Son visage sans rides est un peu bouffi, ses yeux enfoncés dans leurs orbites. Ses gestes sont rapides et précis, mais nul doute qu'elle travaille sans passion. C'est une grosse femme. Pas seulement à cause de ses jambes d'éléphant. Son corps aussi est épais, lourd.

Je m'approche, et elle lève les yeux.

– Chut… Ilaria dort.

– Excuse-moi pour tout à l'heure.

Elle me dévisage en silence. Soupire.

– Tu es un bon fils.

– Maman, j'ai une idée. Écoute-moi.

Je fais un autre pas vers elle. Ma mère laisse tomber son drap. Je m'assieds par terre et appuie ma tête sur ses énormes cuisses.

Elle pose la main sur mes cheveux. Pendant quelques minutes, nous respirons lentement, immobiles et muets.

Je me redresse :

– Tu ne veux pas savoir quelle idée j'ai eue ?

– Mais si, Lucio.

– Voilà : tu sais qui est la *magara* la plus gentille et la plus puissante de toutes ?

– Non. Et toi ?

– C'est la Vierge Marie ! Elle peut réaliser tous les miracles qu'elle veut. La Madone de Montenero en particulier. Elle a sauvé du naufrage tout un tas de marins. Je suis sûre qu'elle pourrait aussi te débarrasser de ton sortilège !

Ma mère ne me lâche pas des yeux, bouche bée. Je continue :

– Je vais aller au sanctuaire et lui promettre un ex-voto, c'est-à-dire un petit tableau qui… qui racontera ce dont tu souffres et comment elle t'est venue en aide.

– Lucio, mon garçon, tu as peut-être raison.

Elle me caresse le visage. Je repousse sa main.

– Je peux même faire mieux que ça. Je peux faire la promesse de ne plus jamais monter dans un Optimist si tu guéris !

– Non, c'est hors de question. Ce n'est pas la peine. Mais j'aime l'idée que tu ailles au sanctuaire prier pour moi. Emmène aussi Iliuccia. La Madone écoutera sûrement la supplication de mes deux enfants. De mes deux petits anges.

J'avais l'intention de me rendre au sanctuaire tout seul, en pédalant de toutes mes forces pendant la montée, et en descendant en roue libre au retour. Tandis que là, nous allons devoir prendre l'autobus. La barbe. Ce n'est cependant pas le moment de discuter.

13
(Santino)

Quand il ouvrit les yeux, Santino eut l'impression d'être dans un nuage. Lumière éblouissante, contours vagues, odeur étrange et piquante.

Il cligna des paupières. Il ne s'agissait pas d'un nuage. Il se trouvait en fait dans une pièce où le plafond, les murs, les chaises, tout était d'une blancheur absolue. Voilà pourquoi il avait du mal à distinguer quoi que ce soit. Trop de lumière. Il était aveuglé.

Il n'avait plus froid. Son corps reposait par ailleurs sur quelque chose de mou. Il ne sentait plus aucune douleur.

Cet endroit lui était inconnu. L'odeur qui y flottait aussi. Il essaya de bouger, mais il était tout engourdi. Même lever la tête lui était impossible.

Une ombre s'interposa soudain entre la lumière et lui. Une forme noire et ondoyante, qu'il ne parvenait pas à identifier. Ce n'est que lorsqu'elle fut presque sur lui qu'il comprit qu'il s'agissait d'une tête humaine.

On aurait dit sa mère. Mais différente. Celle-ci le

surplombait, si proche qu'il pouvait sentir son haleine. Un visage bouleversé. Quelque chose de noir sur les cheveux. Étrange : Assunta détestait le noir. Elle ressemblait à un corbeau ainsi. Santino eut envie de s'esclaffer, mais n'y parvint pas. Son rire ne voulait pas sortir.

Je dois être au paradis, pensa-t-il. Il ferma les yeux, les rouvrit. Maman-corbeau s'était redressée et appelait quelqu'un d'une voix rauque.

– Il se réveille ! Venez vite !

Une autre silhouette apparut. Santino cligna encore une fois des yeux. Une femme au visage rond surmonté d'une coiffe blanche se penchait sur lui à son tour. Il y avait désormais deux figures au-dessus de sa tête : une sombre, une claire.

– Il vient effectivement de se réveiller, confirma Coiffe-blanche. Comment te sens-tu, mon petit ? Tu peux parler ?

Au lieu de répondre, Santino fit glisser son regard de façon infime vers la femme en noir.

Maman-corbeau pleurait.

Il fit une moue de douleur. Une souffrance acérée, un fragment d'enfer montait de profondeurs inconnues et l'envahissait. Il avait oublié sa présence, mais au fur et à mesure qu'elle s'emparait de lui, il la reconnut. Il l'avait déjà ressentie auparavant, mais quand ?

Coiffe-blanche s'affairait. On lui fit une piqûre.

Petit à petit, la douleur s'atténua, libéra son corps. Il parvint enfin à se détendre. Des tas de petits tubes étaient collés à sa peau. La fatigue le saisit.

C'est drôle, le paradis, songea-t-il en fermant les yeux sur ces bizarreries.

Un instant plus tard, il s'était rendormi.

Lorsqu'il se réveilla, sa vue s'était améliorée. Il promena son regard alentour, presque sans bouger sa tête, aussi lourde qu'une pastèque bien mûre.

Il était dans une pièce très claire. Dans un coin était assise une femme vêtue de blanc, au visage rond, qui somnolait. Sa coiffe, blanche elle aussi, semblait étinceler sous la lumière électrique. Santino eut l'impression de l'avoir déjà vue en rêve.

Comme si elle avait senti qu'elle était observée, la femme ouvrit les yeux, se leva et vint à son chevet.

– Santino, tu m'entends ? demanda-t-elle d'une voix douce.

Il n'avait pas la force de répondre et se contenta donc d'un petit signe affirmatif.

– Je m'appelle Rosa, je suis l'infirmière. Tu as été blessé et on t'a opéré. Tu es à présent en salle de réanimation, mais tu vas déjà mieux. Tu comprends ?

Nouveau hochement de tête discret.

Rosa saisit son mince poignet entre ses doigts, tira sur ses paupières inférieures, puis jeta un œil aux tubes et aux sacs transparents accrochés tout autour de lui.

– Maman, bredouilla Santino.

– Ta maman va venir dans une minute. Je dois d'abord appeler le médecin qui s'est occupé de toi ces derniers jours.

— Maman, répéta Santino.

Il y avait de la panique dans sa voix. L'infirmière le rassura :

— Elle est juste là, dehors ; elle t'attend. Tu la verras très bientôt.

— Maman, maman, maman.

— Ne t'agite pas. Voilà le docteur.

Un homme en blouse, les cheveux également ramassés sous une coiffe, entra.

Ils marmonnèrent pendant quelques secondes. Santino avait refermé les yeux.

Quelqu'un tripota son corps ici et là, mais il garda les paupières closes, se refusant à prendre conscience de ce qui l'entourait.

Une voix masculine se fit alors entendre :

— Te revoilà parmi nous, Santino. Tu l'as échappé belle, tu sais ? Ce qui t'est arrivé aurait tué un adulte. Mais pas toi ! Tu es doté d'une constitution incroyablement robuste.

L'enfant ne répondit pas.

— Il est en train de sortir de son coma artificiel, comme prévu, enchaîna la voix de l'homme. Désinfectez ses blessures tant qu'il est encore sous sédatif, et transférez-le dans le pavillon numéro trois.

— Il réclame sa mère.

— Après son transfert.

— Maman ! cria Santino.

En réalité, il crut crier, mais sa voix était aussi ténue et légère qu'un fétu de paille.

– Plus tard. Ta maman est quelqu'un d'impressionnable ; il vaut mieux ne pas l'effrayer, pas vrai ?

Il perçut des pas qui s'éloignaient. Le *clic* de la porte.

– Il ne faut pas avoir peur du docteur. — C'était l'infirmière. — Ni de moi. Je vais faire tout doucement, tu verras ; tu ne sentiras rien du tout.

Santino sombra dans le sommeil avant même qu'elle ne commence. Il glissa lentement dans un cocon de silence, et ne remarqua rien des soins qui lui furent administrés.

Il rêvait. Il était à la maison, dans la cuisine. Il y avait là papy, mamy, papa, maman et aussi son oncle Turi, le frère de maman. Au lieu de parler normalement, tous chuchotaient, bourdonnant tels des esprits en train de comploter. Pourquoi donc agissaient-ils de la sorte ? Santino posait la question, mais personne ne lui répondait. Et puis brusquement, la belette sautait de son étagère et atterrissait sur la table en renversant assiettes et verres, mais même alors le murmure inquiétant ne cessait pas. Santino s'éveilla à ce moment précis, le chuchotement résonnant encore à ses oreilles. Il ouvrit les yeux.

La femme en noir qui ressemblait à sa mère était debout, à un mètre du lit, et tournait le dos à l'oncle Turi. Corpulent, vêtu de couleurs sombres, celui-ci lui parlait à voix basse en fronçant les sourcils. Maman – il était presque sûr que c'était elle – serrait les mâchoires, comme désapprouvant ce que l'homme était en train de dire, refusant de le regarder en face.

– Maman, marmonna Santino.

En un éclair, la femme fut à côté de lui. Était-ce maman ?

– Santù, Santù !

Elle éclata en sanglots.

– Ne fais pas ça, Assunta, il va s'agiter. —Turi l'avait prise par les épaules et tirée en arrière. Il la serra dans ses bras. — Appelons l'infirmière.

Ainsi, il était à l'hôpital. Oui, ça lui revenait maintenant. Mais la pièce avait changé depuis la dernière fois. Celle-ci était bien plus gaie ; il y avait même une télévision, et l'odeur piquante avait disparu.

– Que s'est-il passé ? demanda Santino d'une voix pâteuse, presque incompréhensible.

– Mon amour, c'est un miracle que tu sois vivant ! Un miracle ! Assunta avait repoussé son frère pour revenir près du lit. Mon bébé, mon ange, tu es sauvé !

Elle lui caressa le visage. Santino aurait voulu sourire, demander à sa mère pourquoi elle s'était habillée en noir, mais sa langue avait du mal à bouger.

La porte s'ouvrit et l'infirmière fit son apparition.

– Ne le fatiguez surtout pas. Cela ne fait que deux heures qu'il est sorti du coma artificiel.

– Est-il hors de danger ? s'enquit Assunta.

– Je pense vraiment que oui. Tout à l'heure, nous lui donnerons quelque chose à manger. La femme désigna la porte d'un geste. Ils l'attendent. Ils vont vouloir l'interroger dès aujourd'hui, mais ne vous inquiétez pas, je leur dirai que c'est impossible, et le docteur confirmera. Ils reviendront demain.

– Demain ? Déjà ?
– Comprenez-les, ils sont pressés…
– Les policiers sont encore dans le couloir ? demanda Turi.

Santino fut étonné. Les policiers ? D'habitude, son oncle les appelait « les flics » et les évitait comme la peste.

– Bien sûr. Ils resteront là tant que l'enfant occupera cette chambre. À tour de rôle, vingt-quatre heures sur vingt-quatre. Ne vous faites aucun souci.

Turi fit la grimace.

– Très bien. Bon, Assunta, je te laisse. Et toi, gamin, guéris vite !

Son oncle se pencha sur lui pour l'embrasser. Il sentait la cigarette.

– Et surtout, souviens-toi de ce que je t'ai dit ! rappela-t-il à sa sœur avant de disparaître.

Celle-ci lui lança un regard noir.

– Je m'appelle Teresa, déclara l'infirmière à Santino. Je suis chargée de faire ta toilette ; après ça, le docteur viendra te voir, et tu pourras manger. Ce serait sans doute mieux si vous sortiez, madame.

Sa mère vint embrasser Santino à son tour.

– Je reste dans le couloir, n'aie pas peur.

Mais Santino avait peur. Très peur. Il se mit à gigoter.

– Non, ne pars pas, gémit-il. Reste là !

– Bon, si vous voulez, vous pouvez vous mettre là, près de la fenêtre. De cette façon, vous ne me gênerez pas, et votre fils pourra vous voir.

Teresa alla chercher un chariot avec bassine, éponge, savon, serviettes. C'était drôle d'être lavé en étant allongé sur un lit, comme un bébé. Santino braqua ses yeux sur sa mère. Quand l'infirmière lui passa l'éponge humide et savonneuse sur la figure, il cracha ; elle lui frotta ensuite avec délicatesse le cou, les mains, et le reste, en évitant le bras et la jambe bandés.

Santino ne prêtait pas attention à ce qu'elle faisait ; il préférait observer Assunta. Il y avait quelque chose de bizarre chez elle. Non seulement sa tête était couverte d'un fichu noir, non seulement elle portait des vêtements sombres, mais elle semblait aussi avoir vieilli de vingt ans. Toutes ces rides n'existaient pas, avant. Sa bouche aussi avait changé. Plus mince, presque décharnée. Et ses yeux s'étaient enfoncés dans son visage, comme si quelqu'un avait appuyé dessus, méchamment.

L'éponge savonneuse passa sur son sexe. Il écarquilla les yeux. Puis elle descendit le long de sa cuisse, et il reprit le fil de ses pensées.

Avait-il dormi pendant vingt ans, presque autant que la Belle au bois dormant ? Tout le monde avait-il vieilli pendant ce temps ?

– Je vais devoir te retourner sur le côté. Dis-moi si je te fais mal, l'avertit Teresa.

Dans cette nouvelle position, Santino réussit à garder les yeux fixés sur sa mère, qui lui rendait son regard, muette, un sourire douloureux sur les lèvres.

Teresa lui parlait avec douceur :

– Tu seras bientôt sur pied, tu sais. Le chirurgien qui

s'est occupé de toi est le meilleur de la ville. Ta jambe redeviendra comme neuve ; heureusement que le genou n'a pas été touché. Quant à ton bras… tu as eu de la chance : aucune fracture grave. Tu te remettras vite. Voilà, j'ai presque fini.

Santino, qui ne s'estimait pas particulièrement chanceux, aurait voulu demander d'où lui venaient ces blessures, mais parler lui coûtait trop d'effort. Surtout pendant que cette femme manipulait son corps.

Avait-il réellement pu dormir aussi longtemps ? Son oncle Turi ne paraissait pas avoir vieilli, lui. Tout était si bizarre. Il n'avait aucun souvenir de comment il s'était retrouvé à l'hôpital.

– Voilà ! Teresa le réinstalla sur le dos. Tu t'es montré très courageux. Maintenant, le docteur va venir te rendre visite. Puis, se tournant vers Assunta : Ne le fatiguez pas. Ne lui parlez pas trop pour le moment. »

Santino avait baissé les paupières. Il ne s'était jamais senti aussi épuisé, même après avoir couru des kilomètres derrière la voiture. Il entendit la porte de sa chambre se refermer. Une main saisit la sienne.

– Mon chéri.

La voix de sa mère avait changé, elle aussi. Elle n'était pas si rauque avant.

Assunta avait installé sa chaise à côté du lit.

– Maman, quel âge j'ai, maintenant ? demanda Santino dans un souffle, entrouvrant à peine les yeux.

– Six ans et onze mois, mon amour. Presque sept.

Elle sourit. Un sourire faible et triste.

– Je n'ai pas dormi si longtemps, alors.

– Tu as dormi profondément pendant trois semaines. Ce sont les médecins qui en ont décidé ainsi après t'avoir opéré.

– Que m'est-il arrivé ?

Sa mère hésita.

– Plus tard, répondit-elle dans un souffle. Plus tard, quand tu iras mieux. Pour le moment, tu ne dois pas te fatiguer.

– Il y avait… une chèvre blanche. Elle est où ?

– Chut…

– Je l'ai vue en rêve ?

– Je suppose que oui.

– Je me rappelle aussi une vitre brisée. C'était un affreux cauchemar. La voiture était pleine de sang, et j'avais si peur !

– Mon petit. Mon chéri. N'y pense pas. Pas maintenant.

– Pourquoi as-tu l'air si vieille, maman ?

– J'ai eu très peur de te perdre. L'angoisse fait vieillir plus vite, tu sais.

– Ah. Et où est papa ?

Santino comprit aussitôt que quelque chose n'allait pas. À ces mots, le visage de sa mère s'était décomposé, et lui-même avait frissonné. L'image d'une grande grille métallique passa devant ses yeux.

Une grille qui le terrifiait.

Assunta le fixait avec anxiété, sans répondre.

On frappa à la porte.

Le docteur.

La jambe intacte de Santino se mit à s'agiter, à ruer.

Le médecin s'approcha.

– Tu as peur de moi ?

Silence.

– Je ne veux pas te faire de mal. Je suis le chirurgien qui t'a opéré et je veux juste m'assurer que j'ai fait du bon travail. De cette façon, je saurai si tu vas guérir vite.

Mais Santino demeurait nerveux.

– De quoi as-tu peur ?

– Je ne sais pas.

L'homme sourit et fit encore un pas vers lui. Santino se raidit.

Assunta avait regagné sa place à côté de la fenêtre.

– Je connais par cœur ta jambe et ton bras. J'ai pu regarder en détail comment ils étaient constitués. Tu possèdes une multitude de petits os et beaucoup sont essentiels. Si tu veux, je te montrerai les radios et, comme ça, tu pourras te faire une idée de ce qu'il y a à l'intérieur, toi aussi.

Santino sourit. Juste un peu.

– Tu es le héros du jour, tu sais ? Tout le monde parle de toi ici.

Encore un peu tendu, l'enfant surveillait chaque geste du médecin qui examinait ses membres blessés.

– Te souviens-tu de ce qui s'est passé ? dit l'homme.

– Une chèvre.

– Et puis ?

– J'ai fait un cauchemar.

– N'y pense pas. Pour le moment, tu dois te concentrer sur une seule chose : ta guérison. Nous te remettrons vite sur pied, mon garçon. Tu pourras jouer au foot comme avant, et même mieux qu'avant ! Est-ce que tu regardes les matchs à la télé ? En ce qui me concerne, je n'en rate pas un seul.

– Tu n'es pas sicilien, dis ? demanda brusquement Santino.

Le chirurgien sourit.

– Si, mais je suis allé vivre à Turin il y a bien longtemps. Cela ne fait que deux ans que j'habite à Palerme. C'est pour ça que je n'ai pas le même accent que vous. Tu es dégourdi, toi, ça se voit tout de suite !

Tout en bavardant, le médecin avait écouté les battements de son cœur, donné de petits coups sur son bras et sa jambe valides, et fait plein d'autres choses dont Santino ignorait le sens. Une fois son examen terminé, l'homme échangea deux mots avec la mère du garçonnet, auquel il vint donner une tape affectueuse sur l'épaule, avant de quitter la pièce.

Peu après, on frappa de nouveau.

– C'est l'heure du déjeuner ! annonça une voix.

Une jolie jeune femme entra dans la chambre en poussant une table roulante devant elle. Comme les autres, elle portait une coiffe et une blouse blanches. Elle souriait.

– Bonjour ! Je m'appelle Paola.

Elle redressa lentement le dossier du lit à l'aide d'une manivelle, fit rouler la table pour la placer juste sous la poitrine de Santino et ôta les couvercles qui recouvraient les assiettes.

– Poulet, purée, compote de pommes… Miam ! Tu aimes ça ?

Santino hocha la tête sans la quitter du regard. C'était la femme la plus belle qu'il ait jamais vue. Des yeux bleus, des taches de rousseur, et un sourire si chaleureux qu'il avait l'impression qu'elle le serrait à distance dans ses bras.

– La plus belle de toutes, chuchota-t-il.

Paola n'entendit pas.

– Je vais te donner la becquée, d'accord ?

14
(Lucio)

Cela fait déjà trois mois qu'Ilaria et moi sommes allés faire notre vœu au sanctuaire de Montenero, mais les jambes de ma mère ressemblent toujours à deux troncs d'arbre. La cheville de Monica, elle, n'a guéri que trop vite. Je lui ai rendu son vélo.

Depuis qu'elle a repris la danse, nous nous voyons beaucoup moins souvent. J'ai même compté les heures que nous passons ensemble, ce qui ne fait pas lourd.

Ma vie est monotone : école devoirs Ilaria infos marché, et encore Ilaria. Les seules nouveautés, c'est que je ne mets plus les pieds chez Carmelo, le poissonnier, pour éviter de rencontrer la *ciarmavermi*, et que ma sœur a perdu ses joues rouges avec le départ du froid.

Mon anniversaire, le 7 avril, est passé inaperçu au collège. Aucun copain de classe ne me l'a souhaité. Et pour cause, ils n'étaient pas au courant. À la maison, ma mère m'a embrassé et m'a offert deux pulls, et Ilaria un dessin avec ordre de le punaiser au mur de ma chambre.

Heureusement, les entraînements vont bientôt reprendre au club de voile.

Ma mère m'autorise à faire de l'Optimist seulement en été, pendant les grandes vacances. Durant la longue période hivernale, je m'entraîne tout seul. Dans le bus; allongé sur mon lit; ou encore dans la rue à côté d'Ilaria. Je m'imagine en train de virer de bord ou de slalomer autour des bouées, visualisant chaque étape. Je m'invente un vent contraire et esquisse les mouvements que je devrais exécuter.

Et puis il y a la caisse sous mon lit. De temps en temps, je l'ouvre et j'en sors le contenu. J'en soupèse tous les objets un par un. Je les nettoie. J'ajoute une lettre.

À moins d'une semaine des vacances cependant, j'ai même cessé les exercices de navigation mentaux : je dois me concentrer sur les examens de fin d'année. L'une des conditions posées par ma mère à ma pratique de l'Optimist est en effet que j'obtienne de bonnes notes.

Je ne suis pas inquiet. Je devrais avoir des résultats corrects.

Cet après-midi, j'emmène ma sœur en bus à la plage. Ou plutôt, sur des rochers rugueux et plats qui s'enfoncent dans la mer. Ces derniers sont creusés de trous parfaitement ronds, de la taille d'une casserole, et remplis d'eau.

Dès qu'Ilaria arrive là-bas, elle s'accroupit, jette quelques cailloux dans un trou d'eau et se met à remuer le tout avec un bâton. Elle cuisine, et peut y passer des heures. Du coup, de mon côté, je peux aller nager.

Je ne me suis pas encore échauffé qu'elle saute sur ses pieds et court en direction du petit escalier qui remonte vers la route. J'aperçois aussitôt Monica et Ricky qui descendent les marches.

– Tu es venue en vélo ?
– Oui. Ricky voyage dans le panier.

Monica se déshabille en un éclair ; la voilà en maillot de bain. Sa peau est à peine dorée, et non cuivrée comme la mienne.

– Je vais nager. Tu viens ? je demande.
– Et ta sœur ?
– Elle peut rester avec Ricky.

Monica regarde Ilaria, l'air dubitative.

– Ne t'en fais pas. Nous les aurons à l'œil.
– Bon, OK. Va te déshabiller, je t'attends.
– Je suis déjà prêt, je te signale.
– Tu te baignes en T-shirt et caleçon, toi ?
– Je suis allergique au soleil. On y va ?

Nous nageons quelques brasses, avant de vérifier que tout se passe bien pour Ilaria et Ricky, qui jouent maintenant ensemble. Je fais une galipette sous l'eau. Monica m'imite. Elle se débrouille mieux que moi, c'est certain. Dès que j'émerge, elle disparaît à son tour. Rien à faire : je ne suis pas aussi souple, ni aussi gracieux qu'elle. On dirait une athlète. C'est sûrement la danse.

– Demain, je vais sur la plage privée de Tirreno avec Stella et Oriana, annonce soudain Monica. Vous voulez venir avec nous ?

J'ignore qui sont Stella et Oriana, mais je sais que

la plage de Tirreno abrite un parc aquatique avec une grande piscine et un toboggan fantastique.

– Désolé, demain, je commence l'entraînement. Mais nous irons là-bas pour l'anniversaire d'Ilaria, le 13 juillet. C'est le cadeau que lui fait ma mère.

– Je ne serai plus là, le 13.

– Pourquoi ?

– Nous partons en vacances dans trois jours. En Sardaigne.

C'est un vrai coup au cœur.

– Dans trois jours ?

– Oui. On meurt de chaud, ici. Ce n'est pas bon pour Duccio.

– On se reverra à la fin de l'été, alors.

Mon visage se fait impénétrable. Du moins, je l'espère.

Ricky choisit ce moment pour se mettre à courir en direction de l'eau. Ilaria se lève et lui emboîte le pas.

Sans ajouter un mot, nous regagnons rapidement la rive.

Je n'ai pas dormi, cette nuit. Aujourd'hui, c'est le premier jour d'entraînement de la saison. J'ai apporté ma caisse d'outils au club de voile.

Je dis bonjour à la cantonade et cherche mon bateau des yeux. Enrico, le moniteur, me l'indique en me donnant une tape affectueuse sur l'épaule.

Je m'approche de l'Optimist, encore caché sous sa toile. Il est resté désarmé tout l'hiver, à m'attendre.

J'ai énormément de choses à faire, bien plus urgentes que de bavarder avec les autres. J'ai donc déjà enfilé mon T-shirt et mon caleçon de bain.

Avant tout, il faut gréer le bateau, ce qui requiert une attention extrême. Installer le mât, hisser la voile, vérifier que les réserves de flottabilité sont bien gonflées…

J'effectue tous les contrôles nécessaires, observe la surface de l'eau pour tenter de deviner d'où vient le vent et le sens du courant. Inutile. Enrico nous informe à cet instant des conditions météorologiques.

Nous poussons les Optimists jusqu'à la mer, impatients.

Enfin seul dans mon petit voilier, je m'éloigne de la jetée, mais je dois attendre les autres. Ne jamais prendre le large avant que tout le monde ne soit sorti du port : telle est la règle.

Une fois que nous sommes au complet et que les voiles emplissent le ciel, je m'assieds sur le plat-bord. Mes fesses dépassent de la coque au point de presque toucher l'eau. Je borde ma voile en tirant sur l'écoute, comme sur l'accélérateur d'une moto, et l'Optimist s'élance vers le large.

C'est là que commence ma vraie vie, avec ce vent qui me fouette le visage, le bateau qui file et les vagues qui se précipitent à ma rencontre.

Mon corps ne fait qu'un avec le voilier. Nous formons une seule et même entité. Les vagues sont hautes, et quand l'Optimist descend au creux de l'une d'elles, il met une seconde, juste une seconde à remonter, et pendant ce laps de temps, je me sens absolument vivant, coincé entre deux montagnes d'eau qui masquent l'horizon. Le ciel m'appartient. La mer m'appartient. Je m'appartiens !

C'est ce moment précis que je choisis pour abandonner les lettres destinées au Chasseur. Celles-ci sont coincées entre mes dents depuis que j'ai gagné le large et s'envolent dans les airs tels des oiseaux blancs filant au gré du vent. Je n'ai pas le temps de les voir se poser sur l'eau, car la vague m'a déjà attrapé et me hisse, comme une énorme main liquide. En une seconde, tout l'ennui de l'hiver a quitté mon corps, débarrassé de ses résidus poussiéreux. Je me sens propre, limpide.

L'ordre de rentrer au port vient malheureusement toujours trop tôt. Dans le vestiaire, je me dissimule derrière la porte de mon casier pour me changer. Les autres garçons font un boucan du diable, euphoriques. De mon côté, je reste silencieux, voulant garder en moi l'image de cette courbe bleue emportant mes lettres au loin.

15
(Santino)

Santino émergea de son cauchemar en sueur. Il tremblait. Autour de lui, l'obscurité. Il rejeta ses couvertures, paniqué.

Il avait rêvé du pare-brise couvert de sang et du dos de son père réduit à l'état de chair à pâté. Derrière la vitre brisée, papy le regardait, deux billes laiteuses à la place des yeux. Il y avait aussi *u Taruccatu*, debout. Lunettes noires, moustache vibrante, pistolet au poing. Et un autre homme, à peine une silhouette, gigantesque.

La respiration haletante, il inspira à fond, mais la scène monstrueuse et la puanteur de mort qui l'imprégnait ne s'évanouissaient pas. Sa jambe valide s'agitait entre les draps, comme pour s'enfuir, sans qu'il s'en rende compte.

Il ferma les yeux afin que les ténèbres effacent cette vision terrible, mais celle-ci restait là, imprimée en lignes de feu sous ses paupières, aussi détaillée et cohérente que la réalité. Ça ne pouvait pas être vrai, et pourtant, ça l'était.

Puis les ruines apparurent. Et la mémoire lui revint.

Avec papa et papy, ils s'étaient rendus à la ville fantôme pour rendre de l'argent. Ils avaient attendu dans la voiture. C'est alors qu'il avait vu la chèvre blanche.

La chèvre qui s'était échappée.

La fuite de l'animal et les détonations formaient un tout incompréhensible.

– Papa ! Papa ! cria-t-il dans le noir. Papa, papa, papa…

La lumière s'alluma. Sa mère était déjà à ses côtés.

– Du calme, chut, du calme, tu vas te faire du mal…

Elle se pencha sur lui, tenta de le recouvrir, mais Santino se débattait.

– Où est papa ?

Assunta s'assit avec précaution sur le lit. Dans la pénombre, Santino ne s'aperçut pas qu'elle pleurait.

– Papa est au ciel, dit-elle à voix basse.

Santino ne l'entendit pas. Elle le lui répéta donc, plus fort.

– Au ciel ? Pour quoi faire ?

– Il est bien, là-haut, j'en suis certaine. Il nous regarde, toi et moi.

– Et papy ?

– Papy lui tient compagnie.

Santino se tut. Il respirait difficilement.

Maman s'inclina encore une fois pour l'embrasser.

– Calme-toi. Calme-toi.

L'enfant sentit le goût humide du sel sur ses propres lèvres.

– Ils l'ont tué, lâcha-t-il dans un sanglot.

Il ne s'agissait pas d'une question.
– Mon chéri…
– Et Papy aussi, ils l'ont tué.
– Tu te rappelles, maintenant ?
– Et moi, j'étais au milieu des coups de feu.

Il fixa alors sa mère avec une intensité féroce, et celle-ci comprit qu'il avait retrouvé la mémoire.

– N'y pense pas pour le moment, murmura-t-elle en continuant à le couvrir de baisers mouillés sur le visage, les mains, le cou. As-tu mal quelque part ? Veux-tu que j'appelle quelqu'un pour qu'on te donne un calmant ? C'est peut-être la jolie infirmière qui est de garde. Celle qui te plaît. J'ai remarqué hier comme tu la regardais.

Santino secoua légèrement la tête.

– Reste ici, chuchota-t-il.

– Papa est au ciel, et il nous écoute. Papy Mico est avec lui.

L'enfant ne cessait de remuer la jambe, la pliant, la soulevant, la laissant retomber sur le drap. Comme s'il avait essayé de courir d'une seule moitié de son corps. Et puis il marmonnait quelque chose. Peut-être délirait-il.

Assunta sonna, et l'aide-soignante accourut.

Ce n'était pas la jolie infirmière.

Très agité, Santino se tortillait toujours et encore. Il n'était plus en mesure de remarquer quoi que ce soit.

Quand il se réveilla, sa mère n'était plus dans la

chambre. Son lit était de nouveau bordé, et la jeune infirmière changeait sa perfusion. Paola.

— Ah, tu es de nouveau parmi nous ! se réjouit-elle en constatant qu'il avait les yeux ouverts. Comment vas-tu ? Tu te sens mieux ?

— Un tout petit peu mieux.

— C'est bien. Ça commence par un tout petit peu et, bientôt, tu seras complètement remis. Elle sourit. Je peux t'embrasser ?

Sur ce, elle posa brièvement sa bouche sur la joue douce de l'enfant.

Santino lui lança à son tour un baiser de ses lèvres desséchées.

— Tu es très belle.

— C'est vrai ?

— La plus belle de toutes.

— Oh, merci !

— Tu m'embrasses encore ?

Elle s'exécuta, avec une tendresse maternelle.

— Je vais t'apporter ton petit déjeuner, maintenant.

Elle s'apprêtait à sortir, quand quelque chose lui revint à l'esprit :

— C'est moi qui t'ai déshabillé avant ton opération. J'ai dû t'enlever ça... Elle ouvrit le tiroir de la table de chevet, fouilla un instant à l'intérieur et en tira un petit objet. Tu peux la remettre, si tu veux. Je vais t'aider. Je n'ai jamais vu une *trinacria* de ce genre. Elle est vraiment...

— Non ! hurla Santino. Non, non, non ! Jette-la !

L'infirmière fit un pas en arrière et fourra instinctivement le médaillon dans la poche de sa blouse pour l'ôter du champ de vision de l'enfant.

– D'accord. Tout va bien. Calme-toi.

– Jette-la ! Jette-la !

– Oui, oui, je vais la jeter tout de suite, mais calme-toi, je t'en prie.

Elle avait l'air inquiète. S'approchant du lit, elle tenta de sourire à Santino.

– Désolée, je ne voulais pas te faire peur, dit-elle, lui caressant la joue de sa main douce et chaude.

Peu à peu, l'enfant finit par s'apaiser.

On frappa à la porte.

C'était son oncle, Turi. Il les salua, visiblement mécontent de trouver l'infirmière dans la chambre.

Paola resta encore un moment pour lisser les draps de Santino, remettre en place sa couverture qui avait glissé une fois de plus, avant de sortir en promettant de revenir avec le petit déjeuner.

Après avoir demandé à son neveu comment il allait, Turi se mit à arpenter la pièce en silence, scrutant les murs, les coins et les recoins. Il souleva un tableau pour regarder ce qu'il y avait derrière. Examina longuement le téléviseur éteint. La lampe de chevet. Inspecta les prises de courant. Il se pencha même au ras du sol pour jeter un coup d'œil sous le lit.

– Où est maman ? demanda Santino.

– Elle est allée boire un café. — Turi s'approcha. — Elle était très fatiguée. Elle ne va pas tarder mais... elle m'a dit que… — Il s'avança jusqu'à effleurer l'oreille de Santino de sa bouche. — … que tu avais retrouvé la mémoire, cette nuit.

— Papa est au ciel, déclara Santino d'une voix neutre. Et Papy est allé lui tenir compagnie.

Turi hocha la tête, la mine grave.

— Oui, c'est ça. Mais toi, tu es sain et sauf, et c'est un vrai miracle.

Avec son double menton et son gros ventre, Turi ressemblait à un hippopotame. C'était la première fois que Santino s'en rendait compte. L'homme était par ailleurs si proche de lui qu'il pouvait sentir son odeur âcre, très différente de celle de maman, même s'ils étaient frère et sœur.

— Que s'est-il passé ? Qui a fait le coup ? poursuivit son oncle.

Agressé par ce chuchotement déversé droit dans son oreille, le garçon se remit à s'agiter. Il eut du mal à trouver ses mots.

— Ce n'est pas un cauchemar. C'est vraiment vrai.

— Tu sais qui c'est, alors ?

Santino ne répondit pas. Il n'aimait pas avoir ces lèvres collées à lui telles des ventouses. Sans compter que son oncle sentait mauvais.

Turi s'éclaircit la voix :

— Bientôt, peut-être même aujourd'hui, les flics vont venir te voir. Ils te poseront tout un tas de questions. Ne réponds pas. Dis-leur que tu ne te rappelles rien.

— Pourquoi ?

– Parce qu'il ne faut rien dire aux flics. Jamais.

Santino hocha la tête, l'air dubitatif.

– Ce sont *nos affaires*[1], continua son oncle en chuchotant toujours avec un calme hypocrite. Ça ne regarde que nous. Tu veux peut-être te comporter en infâme[2] ? Il ne t'a pas appris la dignité, ton père ? Si tu racontes quoi que ce soit à ces sales flics, tu nous trahis tous, tu comprends ?

Santino écarquillait les yeux.

– Bien sûr, il y aura d'autres personnes qui viendront avant cela te poser des questions sur tes parents, ton âge, ce genre de choses. Si tu veux, tu peux coopérer. Cela dit, il vaut mieux jouer les idiots ; comme ça, tu ne risques pas de te tromper. »

À ce moment précis, la porte s'ouvrit et maman entra.

Turi se redressa brusquement et s'éloigna du lit, au grand soulagement de Santino.

En quelques pas rapides, Assunta rejoignit son fils.

– Mon chéri, tu es réveillé ! — Elle dévisagea son frère, soupçonneuse. — De quoi avez-vous parlé ?

– De rien, répondit Turi. Je lui ai demandé comment il allait et je lui ai souhaité de rentrer à la maison le plus vite possible. Je lui ai aussi promis de lui apporter un album de coloriage et des feutres. Pas vrai, Santù ?

Assunta toisa son frère avec méfiance pendant

---

1. En italien *Cosa nostra*, littéralement « notre chose », qui est aussi le nom donné à la Mafia sicilienne.
2. En Sicile, le mot « infâme » désigne celui qui trahit la Mafia, qui pactise avec la police ou la justice, qui ne respecte pas la loi du silence.

quelques secondes, puis se retourna vers son fils, sourcils levés.

Devait-il rétablir la vérité et trahir son oncle ? Santino préféra se taire. Tout était encore si confus dans son esprit !

– Nous allons avoir de la visite, annonça Assunta. D'abord le médecin, puis un psychiatre et une psychologue. Ils nous demanderont probablement de sortir. Enfin, peut-être que moi, je pourrai rester ; je ne sais pas encore.

– Bien, j'ai compris. Je suis de trop.

Sur ce, Turi jeta un coup d'œil hostile à sa sœur et lança un regard d'avertissement, rapide comme l'éclair, à Santino, avant de se diriger vers la porte. Au moment de sortir, il croisa le médecin.

– Maman, je me rappelle absolument tout, chuchota Santino dès que la porte se fut refermée derrière le docteur qui venait de l'examiner.

Ce dernier – qui n'était pas le même que la veille – s'était montré satisfait et avait répété ce que tout le monde disait : que c'était un miracle que Santino soit vivant.

Le garçon avait vraisemblablement envie de bavarder et d'en apprendre davantage sur ce qui lui était arrivé.

– Il y a eu des coups de feu, et après je me suis caché, confia-t-il à sa mère en serrant sa main. Mais comment me suis-je retrouvé ici ?

– C'est un autre miracle. Assunta lui parlait avec beaucoup de douceur. En fait, l'escalier s'est écroulé juste derrière toi.

– Oui, je l'ai entendu tomber.

– L'homme qui te suivait a dû être entraîné dans sa chute.

– Ils étaient deux.

– Heureusement, la police a été avertie par un coup de fil, sans quoi tu te serais vidé de ton sang et tu serais mort.

– Mais qui a téléphoné ?

– On ne sait pas. C'était un appel anonyme. On suppose qu'il s'agit d'un voleur qui s'était introduit dans la ville fantôme pour y dérober des objets. Les policiers se sont rendus là-bas à l'aube. C'est là qu'ils ont trouvé la voiture avec… avec papa et papy.

Sa mère s'interrompit un instant pour observer Santino, qui se taisait. Voyant qu'il gardait son calme, elle continua :

– Sur place, ils ont remarqué des traces de sang dans la rue et ils les ont suivies. C'est ainsi qu'ils sont parvenus jusqu'à la maison où tu t'étais réfugié. Là-bas, il n'y avait plus d'escalier ni de taches de sang ; rien que des décombres. Du coup, ils se sont dit qu'il y avait peut-être un blessé, là-haut, et ils ont appelé les pompiers, avec leur grande échelle. Ce sont eux qui t'ont découvert. Tu respirais encore. On t'a évacué en ambulance, après quoi tu as été conduit jusqu'ici en hélicoptère.

– En hélicoptère ! s'écria Santino. Quel dommage que j'aie dormi !

– Oui, c'est dommage.

– J'ai voyagé en hélicoptère ! répéta-t-il, ravi.

– Quand tu seras guéri, nous irons faire un tour dans les airs ensemble, toi et moi, c'est promis.

– C'est vrai ? On volera jusqu'aux nuages pour rendre visite à papa et papy ?

– Oui, jusqu'aux nuages. Assunta semblait avoir la tête ailleurs. En effet, très vite, elle changea de sujet : Que t'a dit Turi, Santino ?

– Que je ne dois rien raconter aux flics.

– Je m'en doutais. Sa mère regarda autour d'elle, puis lui ordonna d'une voix sonore : Tu dois tout dire. Tu dois raconter TOUT ce dont tu te souviens.

Santino eut comme l'impression que sa voix tremblait en insistant sur ce « tout ». De son côté, il aurait tellement aimé reparler de l'hélicoptère. Cette conversation le fatiguait, l'embrouillait. Qu'exigeait-on de lui, en fin de compte ? Il ne voulait pas être un infâme. Et pourquoi Turi avait-il inspecté la chambre de cette façon ? Que cherchait-il ? Pourquoi sa mère s'était-elle mise à parler si fort ?

Tout cela était bien trop compliqué pour lui.

– Maman, tu crois que Paola pourra venir avec nous dans l'hélicoptère ?

– Ah ah, c'est ton amoureuse ? Il faut reconnaître qu'elle est jolie.

– Oui, c'est mon amoureuse.

Sur ces mots, Santino ferma les yeux et s'endormit d'un seul coup.

16
(Lucio)

Ilaria est une fois de plus habillée en rose. Version estivale, cette fois : robe, T-shirt et casquette. Juste en dessous, elle porte déjà son maillot de bain (rose, bien sûr). Elle se croit adorable, cette petite peste, et elle sautille dans ses nouveaux vêtements qu'elle a reçus pour son anniversaire.

– Maman, et si tu venais, toi aussi ? On pourrait prendre un taxi !

Ma proposition n'a rien de désintéressé. Si ma mère nous accompagnait, elle s'occuperait d'Ilaria, et je pourrais ainsi faire ce qui me plaît. Je ne suis jamais allé sur la plage de Tirreno. C'est une plage payante, avec des cabines et tout, sans doute la plus chic de Livourne.

Ma mère me dévisage, l'air étonnée.

J'insiste :

– Allez, pour une fois !

Elle attrape sa chère *Iliuccia* par le bras, lui ôte sa casquette, la coiffe lentement.

– Oui, viens avec nous, maman ! supplie Ilaria.

Ma mère arrête de lui brosser les cheveux. Pousse un soupir.

– Pour quoi faire ? Je ne peux pas me mettre en maillot de bain et je ne sais pas nager. J'aurais chaud, voilà tout. Ce serait jeter l'argent par les fenêtres. – Encore un soupir. – Allez-y, tous les deux. Profitez-en bien toute la journée. Achetez quelque chose pour le déjeuner. Moi, je vais me reposer tranquillement à la maison, au frais, et pour une fois, je n'aurai pas à préparer le repas. Tiens, Lucio, voilà de quoi en profiter.

Et elle me glisse des billets dans la main.

Nous y allons à pied. La plage de Tirreno est juste à côté de la terrasse Mascagni.

Je paie l'entrée et on nous donne une clef pour une cabine privée. Ilaria est déjà au septième ciel. Elle a l'impression d'être dans une maison de poupée. Je l'aide à se déshabiller ; pour ma part, je reste en T-shirt et caleçon de bain. Je la force ensuite à sortir de cette cabane suffocante qui sent le bois, la sueur et la crème solaire.

Devant la piscine gigantesque, je la vois se figer. Le toboggan est trop haut ; il lui fait peur.

Pour la rassurer, je lui propose de l'accompagner. Avec moi, elle n'aura rien à craindre.

Nous nous plaçons donc dans la queue, derrière d'autres enfants, et quand vient notre tour, nous nous asseyons, Ilaria devant moi. Je la tiens par la taille.

– Tu es prête ?
– Non, non, pas tout de suite !
– Il y a du monde qui attend. On y va ?

– Ouiiiii…

Et nous voilà en train de dévaler la pente en hurlant, jusqu'au plongeon final. Je ne lâche pas un instant ma sœur, car celle-ci n'a pas pied. Elle recrache de l'eau, s'agrippe à mon cou.

– Encore !

Nous descendons ainsi le toboggan ensemble treize fois de suite – je les compte – et, à la fin, je n'en peux plus.

– J'ai faim. Pas toi ?

– Si, un peu. Mais d'abord, j'aimerais bien faire un autre…

– Viens, on va se changer dans la « maison de poupée ». Tu pourras choisir ce que tu veux pour le déjeuner. C'est ton anniversaire !

Au restaurant, il y a déjà un monde fou. Je vois passer sous mon nez de grandes pizzas. Parfait. Nous nous dirigeons vers une table libre.

– Ilaria ! Ilaria !

Une voix d'enfant.

Installée à deux pas en compagnie d'un couple, une fillette adresse de grands signes à ma sœur. C'est Maria, une copine d'école.

Ses parents se présentent : Anna Rosa et Stefano. Tout en commandant de quoi manger, je leur confie qu'Ilaria a cinq ans aujourd'hui.

Anna Rosa s'étonne :

– C'est l'anniversaire de ta sœur ? Et vos parents, où sont-ils ?

Je leur explique la situation en quelques mots, tandis qu'Ilaria et Maria, assises côte à côte, ne cessent de se chuchoter des bêtises à l'oreille et de pouffer bêtement.

– Malheureusement, nous devons partir à quinze heures, annonce Stefano, qui s'entretient un instant avec sa femme. Mais peut-être que vous pouvez venir avec nous ? Nous habitons à quelques kilomètres de Livourne. De cette façon, Ilaria et Maria pourraient passer encore un moment ensemble.

Les deux fillettes se mettent aussitôt à taper sur la table avec leurs couverts :

– Oui oui oui oui oui oui !

– Bon, nous avons encore le temps de prendre une glace, ajoute Anna Rosa. Lucio, tu devrais prévenir ta mère.

Je plonge la main dans ma poche, mais mon téléphone portable n'y est pas. J'ai dû le laisser à la maison.

– Pas la peine, dis-je. De toute façon, maman ne nous attend pas avant ce soir : elle nous a donné la permission de rester dehors toute la journée.

Maria et sa famille habitent une petite villa avec jardin. La fillette entraîne ma sœur dans sa chambre pour lui montrer ses jouets, et Stefano m'apporte une pile de vieux *Linus*.

– Excuse-moi de t'abandonner, mais j'ai à faire dans mon bureau. J'attends un appel important des États-Unis. Tu peux aller t'installer dans le hamac du jardin, si tu veux. Anna Rosa s'occupe de Maria et Ilaria.

Doucement bercé par le hamac, je me plonge dans les bandes dessinées. Pas mal.

Je bouquine ainsi jusqu'à ce qu'on m'appelle pour le goûter. Anna Rosa a en effet pris le temps de faire un gros gâteau d'anniversaire. À peine nos parts avalées, c'est déjà l'heure de partir et les deux amies poussent des cris déchirants. Stefano propose de nous raccompagner à la maison en voiture, et Maria exige de venir avec nous pour s'amuser encore un peu avec Ilaria.

Ils nous déposent bientôt à quelques mètres de notre immeuble, et tant qu'ils n'ont pas disparu, ma sœur refuse de bouger.

– Il vaut mieux ne pas dire à maman que nous avons quitté la plage de Tirreno si tôt, dis-je à Ilaria.

– Pourquoi ?

Avec une pointe de méchanceté, je m'explique :

– Parce qu'elle pourrait se vexer que tu aies préféré ton amie à son propre cadeau.

– Pourquoi ?

– Bah, laisse tomber, dis-je en sortant ma clef et en ouvrant la porte.

17
(Santino)

Dans la chambre surveillée par les policiers entra un homme vêtu d'une blouse de médecin. Il avait un visage anguleux, une stature imposante, une moustache poivre et sel et une épaisse chevelure grise.

À sa vue, Santino se mit à trembler et ses yeux se remplirent de terreur.

— Bonjour, je suis Guglielmo Gigli, le pédopsychiatre, déclara l'homme en serrant la main d'Assunta. Vous êtes la mère de l'enfant ?

— Oui.

— Vous pouvez rester. Cette rencontre sera très brève. Je ne veux pas le fatiguer, juste évaluer sa capacité à témoigner. — Il s'approcha du lit. — Bonjour Santino ! Tu m'entends ?

L'enfant hocha la tête, épouvanté.

— Tu as peur de moi ?

Nouveau hochement de tête.

— Qu'est-ce qui t'effraie ainsi ?

Santino le désigna d'un geste vague.

– Ma grande taille ?

Non.

– Mes yeux ?

Le doigt du garçon montra sa bouche.

– Ça ? demanda l'homme en passant un doigt sur sa moustache.

Petit signe affirmatif.

– Ma moustache. Pourquoi te fait-elle peur, dis-moi ?

Santino ne remua pas un muscle.

– Je suis vraiment désolé. Tu veux que je la rase, la prochaine fois ?

– Oui. — Cela n'avait été qu'un murmure.

– Vraiment ?

Un temps, puis le garçon secoua tout doucement la tête.

– Non ? Ah, tant mieux. Je suis content que ce ne soit pas nécessaire, parce que j'y tiens, à ma moustache. Mais j'aurais accepté d'y renoncer pour toi, tu sais. – L'homme prit une chaise et s'installa près du lit. – Allons-y. Peux-tu me dire comment tu t'appelles ? Prénom et nom de famille ?

– Santino Cannetta.

– Et tes parents ?

– Alfonso et Assunta Cannetta.

Ils continuèrent ainsi pendant quelque temps. Les questions étaient faciles : son adresse, le nombre de membres de sa famille, leurs noms, la marque de leur véhicule. Puis l'homme lui demanda de nommer les parties de son corps qu'il touchait avec délicatesse : bras, main, pied, cheveux, yeux. Il enchaîna sur des figures géométriques. Un carré, un rectangle, un cercle. Santino répondit à toutes les questions ; quand il tardait à le faire, Assunta l'encourageait.

— Jusqu'ici, c'est parfait. Tu es un garçon intelligent. Tu aimes l'école ?

— Non.

— Non ? Quelle franchise ! Excellent. Et maintenant, sais-tu pourquoi tu es à l'hôpital ?

Santino marmonna quelque chose.

— Je n'ai pas compris ce que tu viens de dire. Tu peux répéter ?

Un bâillement fut la seule réaction qu'il obtînt.

— Connais-tu quelqu'un qui porte une moustache, à part moi ? Dans ta famille, parmi tes voisins, les amis de tes parents…

Santino baissa les paupières. Il semblait fatigué. Il se renfonça dans le lit, bâilla encore une fois et se replia sur lui-même, comme à l'intérieur d'un œuf invisible.

Le psychiatre se leva avec un geste résigné.

— Nous allons en rester là pour aujourd'hui, madame, dit-il d'une voix calme. Je reviendrai demain. Votre fils se remet très vite ; il est tout à fait normal qu'il essaie de se défendre contre ses souvenirs traumatiques.

Quelques heures plus tard, un policier entrouvrit la porte.

— Il est réveillé, annonça-t-il à quelqu'un derrière lui.

Un homme et une femme pénétrèrent dans la pièce. Aucun des deux ne portait de blouse. Santino était seul ; sa mère était descendue déjeuner. Il recommença instantanément à s'agiter, mal à l'aise.

La femme s'approcha avec un grand sourire. Un sourire forcé. Santino s'en rendit compte tout de suite.

– Bonjour, Santino. Je sais que tu es en voie de guérison et nous en sommes ravis. Nous sommes venus te poser quelques questions. Tu es un garçon intelligent, à ce qu'il paraît.

Des phrases sèches, sans chaleur. Santino garda le silence.

Debout devant le lit, la femme l'étudiait en se mordant les lèvres. Pour l'enfant, elle avait le même air de froide curiosité qu'un scientifique s'apprêtant à disséquer une grenouille. Il l'ignora.

– Dis-moi, l'école te manque ?

Il posa son regard sur l'homme, demeuré légèrement en retrait. Son visage mince était encadré de cheveux châtains. Ses yeux sombres, gentils, étaient fixés sur lui. Contrairement à la femme, il ne souriait pas, mais sa gravité donnait à penser qu'il comprenait plein de choses. Sa peau était pâle, comme lorsqu'on ne s'expose pas au soleil. Sa veste et son pantalon pendouillaient un peu, trop grands pour son corps maigre.

– Voici le magistrat qui va s'occuper de ton affaire, dit la femme en s'apercevant que Santino observait ce dernier. Pour ma part, je suis la psychologue.

Elle ne précisa ni son nom ni celui de son compagnon.

– Alors, tu aimes l'école, pas vrai ? insista-t-elle d'un ton doucereux. C'est formidable, l'école. Je suis sûre que tu as plein d'amis, et on y apprend tellement de choses intéressantes... Ça doit beaucoup te manquer !

Santino fixait un point dans le vide, apathique.

Son interlocutrice se retourna brusquement vers son collègue :

– Il a le regard d'un rescapé de guerre, murmura-t-elle d'un ton effaré.

Santino dirigea son regard de rescapé sur le magistrat. Celui-ci paraissait sceptique, comme s'il avait voulu être ailleurs.

De sa voix toujours dégoulinante de miel, la psychologue poursuivit :

– Eh bien, tu ne dis rien ? Un grand garçon comme toi... Raconte-nous donc ce qui s'est passé, le jour où tu es allé à la ville fantôme.

Santino se roula aussitôt en boule comme un hérisson. Il ferma les yeux, mit son bras valide devant sa poitrine, sa main devant son visage. Retour dans l'œuf invisible.

– Nous savons que tu as été témoin de tout ça, continua la voix flûtée. Et même si tu hésites à nous parler, nous ne nous découragerons pas. Ôte cette main de ton visage, s'il te plaît, et dis-nous ce qui s'est passé. Nous en avons bien une petite idée, mais nous avons besoin que tu nous le confirmes.

Il ne bougea pas. Il attendait qu'ils s'en aillent, qu'ils disparaissent, qu'ils lui fichent la paix.

Toujours pelotonné, immobile, il guetta en vain le bruit de la porte qui s'ouvrirait pour les laisser sortir.

Quelqu'un toussota. Sûrement l'homme.

– Même à cet âge, ils sont déjà imprégnés de culture mafieuse, chuchota la voix féminine d'un ton dépourvu d'intonations suaves. Ils ne parlent jamais. Il n'y a rien à faire. Puis, retrouvant ses accents douceâtres : Mais toi, tu n'es pas un mafieux, tu vas tout nous raconter, pas vrai ?

L'enfant souleva les paupières d'un air sournois. *Si tu crois que tu vas me tirer les vers du nez, tu rêves*, semblait-il dire. *Je ne suis pas un infâme*. Le magistrat n'avait pas bougé d'un cil ni cessé de le fixer, avec, dans ses yeux aimables, quelque chose comme : *Je voudrais ne pas être là. Je voudrais qu'aucun de nous ne soit là.*

Pourquoi était-il venu s'il ne comptait pas dire un mot ?

Santino eut soudain une idée pour se débarrasser de la psychologue.

Il se mit à la dévisager comme il avait vu certains hommes le faire, à la terrasse du café de Tonduzzo, au passage d'une jeune femme. Il promena ainsi lentement son regard du cou aux épaules, s'arrêta sur la poitrine avec un demi-sourire, puis glissa vers les hanches étroites, jusqu'aux jambes qui dépassaient du tailleur sombre. Quelle note méritait-elle ? Le visage n'était pas laid, peut-être un peu long, avec des lèvres trop minces ; mais les yeux avaient du charme. Les cheveux courts, lisses et noirs, lui donnaient une mine sévère. Pas de seins, ni de hanches. Aussi sèche qu'une branche morte. Un sur dix. Paola, l'infirmière, récoltait quant à elle dix sur dix.

Santino ne savait pas si son air de macho était crédible ou ridicule, mais il vit au final la femme rougir et esquisser un pas en arrière.

Elle ne lui reprocha rien. Elle se contenta de faire volte-face et de s'exclamer avec impatience :

– C'est inutile. Nous n'en tirerons rien aujourd'hui. Laissons tomber.

Là-dessus, ils sortirent. Avant de quitter la pièce, le magistrat lança à l'enfant ce qui ressemblait à un regard d'excuse.

Santino demanda du papier à Paola, son infirmière dix sur dix. Assis dans son lit devant la petite table roulante de l'hôpital, il s'efforça d'ignorer la perfusion plantée dans son bras, et dessina une femme blonde avec les feutres offerts par l'oncle Turi. Il lui fit des taches de rousseur – un peu sur les joues et un peu tout autour –, puis écrivit : «Paola, tu veu te marié avec moi can je seré gran? Can je seré guéri je tachéteré une bague.» Il traça ensuite trois cœurs et signa, avant de tendre la feuille à sa mère.

Assunta y jeta un œil et le félicita. Pour la première fois depuis les événements, elle sourit, et Santino put se rendre compte que, même si elle avait vieilli, son sourire était resté le même.

Il continua sur sa lancée. À l'exception du portrait

de Paola, aucun de ses dessins ne représentait des êtres humains. Monstres préhistoriques, lions, chats gros comme des tigres, trains, hélicoptères, maisons – les feuilles s'entassaient sur la table.

À la porte se présenta bientôt Rocco, l'une des deux sentinelles montant la garde dans le couloir. Celui-ci s'était lié d'amitié avec Santino. Assunta profita de sa présence pour aller téléphoner et manger quelque chose à la cafétéria de l'hôpital. Elle promit à son fils de lui rapporter une petite douceur.

— Regarde! l'interpella Santino.

Rocco s'approcha.

— Comme ils sont beaux! s'extasia-t-il avec un enthousiasme exagéré. Il examina le dessin d'une maisonnette. Tu en as de la veine, d'habiter dans un endroit pareil!

— Est-ce que tu as une amoureuse, Rocco? demanda l'enfant.

— Non, pas encore.

— Eh bien, moi, si.

— Ah bon? Et qui est-ce?

— Paola. — Il lui montra son portrait. — Mais j'aime bien Teresa et Rosa aussi.

— Ça fait beaucoup, dis donc!

— Paola m'a dit qu'elle voulait bien être mon amoureuse.

— Tu en as, de la chance.

— C'est la plus belle de toutes!

— Tu as raison.

Santino réfléchit.

– Oui, mais je suis encore petit. Il va me falloir attendre longtemps.

Brusquement, ses yeux se voilèrent, comme si on y avait versé une cuillerée de brouillard.

Le policier quitta la pièce sur la pointe des pieds pour le laisser dormir.

Les jours suivants, les entrevues se succédèrent. Guglielmo, le psychiatre moustachu, revint en compagnie d'une psychologue blonde très sympathique, à l'exact opposé de celle aux lèvres minces et à la voix mielleuse. Belle, plantureuse, bien qu'un trop peu vieille à son goût, Santino finit par lui octroyer huit sur dix.

Tous deux venaient parfois jusqu'à deux fois par jour. Santino s'amusait bien en leur compagnie. Ils l'avaient interrogé sur ses programmes télévisés favoris, et l'avaient laissé raconter en entier, avec plaisir, son dessin animé préféré. Une histoire longue, compliquée, avec de multiples personnages. Les adultes l'écoutaient rarement avec autant d'attention.

Toutefois, quand ils le questionnaient sur ce qui était arrivé à Poggioreale Vecchia, l'envie de parler lui passait d'un seul coup.

– Nous sommes tes amis. Fais-nous confiance, disaient-ils.

Malgré leurs propos rassurants, Santino avait envie de pleurer. Il se sentait assailli par une soudaine somnolence et fermait les yeux jusqu'à ce qu'ils s'en aillent. Puis sa mère revenait et il recommençait à dessiner.

Il reçut également une autre visite du magistrat silencieux. Seul, cette fois : la femme qu'il avait si mal notée devait s'être vexée.

L'homme portait encore une veste et une cravate avec un air gêné, comme si ce n'était pas dans ses habitudes.

– Bonjour, Santino, je m'appelle Francesco. Tu te souviens de moi ? lança-t-il en entrant.

Assunta se leva et fit mine de quitter la pièce, mais l'homme la retint :

– Restez, madame, restez. Votre fils sera plus à l'aise.

Il parlait avec un léger accent sicilien. S'emparant d'une chaise, il s'installa près du lit.

– Je suis le magistrat qui a été chargé de ton affaire. Sais-tu ce qu'est un magistrat ?

Santino secoua la tête, intimidé.

– C'est quelqu'un qui travaille pour l'État. Son rôle est de trouver les assassins et de les accuser des crimes qu'ils ont commis, afin qu'on puisse les mettre en prison. Ce travail me passionne, tu sais.

L'homme s'adressait à lui comme à un ami. Santino, lui, se taisait, étudiant ce visage juvénile et autoritaire à la fois. Il se décida enfin à répondre :

– Papa et papy ont été assassinés.

– Je sais. Le psychiatre et la psychologue qui t'ont rendu visite ces derniers jours m'ont dit que tu étais en mesure de témoigner si tu le voulais. Ils t'ont jugé intelligent, attentif, capable de comprendre la situation, et doté d'une bonne mémoire malgré ce qui t'est arrivé. C'est rare.

Il ne fit aucune allusion à la psychologue revêche. Ses propos étaient durs à suivre, mais il parlait sans le presser ni insister pour obtenir une réponse.

C'était reposant.

– Les enfants sont comme des roseaux, Santino : ils ploient sous le vent, mais quand celui-ci cesse de souffler, ils se redressent. Leur souplesse leur permet de s'adapter aux situations difficiles sans trop subir de dégâts. Ils sont plus flexibles que les adultes. Dans notre jargon, on appelle ça la « résilience ». Mais si la rafale est trop forte, bien sûr, il arrive que les enfants aussi soient brisés. Pas toi. Toi, tu t'es relevé.

Santino était tout ouïe. Il ne comprenait pas tout, loin de là, mais cela ne le dérangeait pas. Il appréciait le ton de Francesco : calme, ferme, affirmatif. Une conversation d'homme à homme.

– Le témoignage d'un enfant de moins de six ans n'est pas toujours digne de foi. On ne le croit que jusqu'à un certain point : on ne sait jamais s'il invente ou pas. Mais toi, tu es plus grand. Tu as déjà six ans et demi.

– Presque sept ! protesta Santino.

– C'est vrai. Tu es assez âgé pour que ton témoignage pèse lourd au cours d'un procès. Sur ce point, nous avons de la chance. Si tu avais été plus jeune, ta parole n'aurait pas beaucoup compté au regard de la loi. Mais aujourd'hui, tu sais distinguer tes rêves de la réalité.

Il fit une pause tandis que Santino enregistrait cette information importante.

– Je sais ce qui t'est arrivé. Cette histoire m'a causé

à la fois du chagrin et de la colère. Je veux que justice soit faite. Mais ça ne suffit pas que je le sache ; j'ai besoin que tu me racontes précisément ce qui s'est passé. Au tribunal, c'est ta parole qui fera foi, plus que la mienne.

Le magistrat s'interrompit à nouveau pour s'assurer que l'enfant avait compris ses dernières phrases. Santino se taisait.

– Ils ont tiré sur ton père, ton grand-père, et sur toi. Ça, nous le savons tous les deux. Les juges aussi le savent, ceux qui évaluent les preuves que je rassemble. Mais c'est la personne qui a vraiment vécu ces événements qui doit nous en parler, nous dire ce qu'elle a vu. Bien sûr, je comprends que tu n'en aies pas envie. Moi non plus, je n'en aurais pas envie à ta place. Mais je considérerais ça comme un devoir envers les victimes. Pas par vengeance, mais par justice. Pour empêcher les méchants de continuer à faire le mal.

Santino ressentit le même malaise que d'habitude. Il aimait bien Francesco, mais il ne devait rien lui dire. Francesco était du côté des flics, et Turi l'avait prévenu que raconter quoi que ce soit aux flics ferait de lui un infâme.

– Je ne me souviens de rien, affirma-t-il d'une voix pâteuse.

– Regarde-moi, Santino. Ouvre les yeux. Tu sais pourquoi tu es à l'hôpital.

– Je ne sais pas. Je ne me rappelle pas !

Son visage était devenu livide, contracté par la douleur.

– Parle à ce monsieur, mon chéri, intervint brusquement sa mère, qui était jusque-là demeurée silencieuse au point de faire oublier sa présence. Elle lui effleura la main d'un geste qui était moins une caresse qu'une invitation, un encouragement. Tu peux tout dire au magistrat, Santino.

– J'ai vu une chèvre, chuchota le garçon. Dans la ville fantôme…

– Continue, le pressa doucement Francesco. Je sais que c'est difficile.

– Je suis allé voir la chèvre et il y a eu des coups de feu. C'est là qu'elle s'est enfuie.

– Et après ?

Le visage de l'enfant se contracta de nouveau. Son corps fut parcouru d'un spasme. D'un autre.

– Qu'est-ce que tu as fait, Santino ?

– J'ai couru vers la grille…

– Oui ?

– Du sang. Il y avait beaucoup de sang. Le dos de papa… avec… et les yeux de papy, on aurait dit des billes.

– Ils étaient morts ?

Santino souleva les paupières l'espace d'un instant et s'adressa à Assunta :

– C'est toi qui m'as dit que papa et papy étaient au ciel !

– Oui, mon chéri, c'est vrai.

– Qu'as-tu vu d'autre ? insista Francesco.

– Je ne sais pas. Je ne me rappelle pas.

– Il y avait quelqu'un d'autre ?
– Oui...
– Qui ?
– Un homme avec un fusil.
Autre crispation du visage.
– Un fusil, vraiment ?
– Non... Un pistolet.
– Qui tenait ce pistolet ?
– Je ne sais pas.
– Et qu'est-ce qui s'est passé ?
– Je... j'étais au milieu des coups de feu.
– Je sais. On t'a tiré dessus. Mais j'ai besoin que tu me dises *qui* exactement, pour le mettre en prison. Pour qu'il ne puisse plus tuer personne.
– Je ne sais pas... je ne sais pas.
– Tu as été blessé entre l'épaule et le cœur. Tu te trouvais donc face à l'homme au pistolet. Tu as vu son visage, Santino. Celui de l'homme qui a tué ton père. Nous en avons la certitude grâce aux balles que le chirurgien a extraites de ton corps : ce sont les mêmes que celles qui ont causé la mort de ton papa. Ton grand-père en revanche a été tué par des projectiles différents. Il y avait donc au moins une autre personne là-bas. Alors, dis-moi : combien étaient-ils ?
– Deux.
– Qui t'a tiré dessus ?
– *Beee... leeeette...*
– Quoi ? On aurait dit le cri d'une chèvre, Santino !
– Je n'aurais pas dû le dire !

L'enfant se mit à sangloter.

– Santino, écoute-moi. Quelqu'un t'a dit de ne pas parler ?

Le petit ferma les yeux sans répondre, épuisé, et se laissa aller dans son lit, le visage mouillé de larmes et de morve. De temps à autre, son corps était secoué de spasmes. Puis il ne bougea plus.

Il semblait dormir profondément.

18
(Lucio)

— Maman, maman, on est là ! claironne Ilaria.

Dans l'appartement, une voix de femme chante une chanson napolitaine. La radio est allumée, tout bas. Personne dans le salon.

— Ne crie pas comme une folle ! dis-je, menaçant. Elle doit être en train de dormir.

Ma mère n'est pas dans sa chambre. Il y règne en revanche un désordre inhabituel : le lit est à moitié défait, l'armoire grande ouverte. Personne non plus dans la mienne. Je frappe à la porte de la salle de bains, j'entre.

— Elle est sortie ! je m'exclame, stupéfait. Où a-t-elle pu aller ?

Ilaria écarquille les yeux. C'est la première fois depuis très longtemps que nous trouvons la maison vide en rentrant.

— Elle est partie ? demande-t-elle, incrédule.

— On dirait bien. Juste pour quelques minutes, je pense : elle a laissé la radio allumée.

Une idée me traverse l'esprit. Je me rends dans ma chambre pour y chercher mon portable. Il n'y est pas. Bizarre : je croyais l'avoir oublié sur mon bureau. Du coup, je retourne dans la chambre de ma mère, fouille parmi les draps : mon téléphone est là. Pourquoi l'a-t-elle pris ? Une chose est sûre, ce n'est pas moi qui l'ai abandonné ici.

Je compose son numéro. Au moins, nous saurons ainsi où elle est passée. Nous n'avons pas de ligne fixe à la maison ; nous utilisons toujours nos portables.

Personne ne répond.

Ilaria me fait alors remarquer qu'elle entend une sonnerie dans le salon.

Sans raccrocher, guidé par celle-ci, je me dirige vers le fauteuil de ma mère. Rien sous les coussins. Je me penche et regarde par terre. Banco. Son portable.

Or, s'il y a une chose que maman ne ferait pas, y compris face à une attaque de scarabées géants, c'est sortir de l'appartement. Et s'il y a une chose qu'elle ne ferait en *aucun* cas, même au beau milieu d'un incendie, c'est sortir de l'appartement sans son portable. Bien qu'elle ne l'utilise presque jamais.

Je fixe le téléphone, plongé dans mes réflexions.

– C'est moi qui l'ai entendu ! crie Ilaria, toute fière.

– Oui, bravo Ilaria.

La peur me tenaille. Ma gorge est sèche : je n'ai plus de salive. À la radio, la voix n'est plus la même ; un homme chante désormais *Paloma*. Je reconnais la mélodie mélancolique.

Essayons de réfléchir. La seule personne de l'immeuble avec laquelle ma mère ait quelque contact est Agnese, notre voisine de palier. Peut-être avait-elle besoin de beurre, de pain, d'une aspirine ? Ou juste envie de bavarder deux minutes ?

– Va sonner chez Agnese, j'ordonne à Ilaria.
– Pourquoi moi ?
– Vas-y. Je sais que tu peux atteindre la sonnette si tu te mets sur la pointe des pieds.
– Mais pourquoi je dois y aller ?
– Parce que maman est peut-être là-bas, dis-je d'une voix rauque.

Tandis que ma sœur file sur le palier, j'examine le portable de ma mère. Si elle a téléphoné à quelqu'un, cela apparaîtra dans le journal d'appel. Effectivement, elle a passé un coup de fil à 16 h 38. À destination de mon portable. Voilà pourquoi celui-ci se trouvait sur son lit. Elle s'est certainement rendu compte qu'il sonnait dans ma chambre et que j'avais oublié de le prendre. Quand je suis avec Ilaria, je suis censé l'avoir toujours avec moi. C'est sûr, je vais avoir droit à une scène.

Je poursuis mes recherches. Elle a passé un autre coup de fil, hier. À moi, encore. Pour ce qui est des appels reçus, le dernier venait de mon téléphone, il y a trois jours. M'a-t-elle envoyé un texto ? Non.

J'entends le bruit de la sonnette de la porte voisine. Ilaria insiste. Le son métallique se mêle à la voix qui chante à la radio.

Et si elle avait eu un malaise, si les voisins avaient dû appeler une ambulance ? Une autre hypothèse…

Tandis que j'échafaude ce scénario catastrophe, je tombe sur un SMS qui a été envoyé à ma mère aujourd'hui. Je l'ouvre. Le message s'affiche sur le petit écran : *Ta mère est mourante. Viens vite à Palerme.*

Rien d'autre. Pas de signature.

Mes cheveux se dressent sur ma tête. Le message est arrivé à 16 h 36. Deux minutes avant que maman ne m'appelle. C'est donc juste après l'avoir lu qu'elle a cherché à me joindre.

Je déchiffre le numéro d'origine. Je ne le connais pas. Qui a pu nous écrire pour nous avertir que mamy était mourante ?

Ilaria fait irruption dans le salon.

– Personne ne répond. Tu veux que j'aille sonner à l'étage en dessous ?

– Non, attends.

Mon cœur bat la chamade. Ce que je m'apprête à faire me terrorise. Mais il le faut, si je veux en apprendre davantage.

J'appelle celui ou celle qui a envoyé le texto.

Trois sonneries, quatre, puis une voix masculine plutôt âgée, caverneuse, me répond. Sans me laisser le temps de prononcer un mot, l'homme dit mon nom et lance : « Viens tout de suite, je t'en supplie ! »

Je raccroche immédiatement. Je ne respire plus. J'ai la tête qui tourne. Il a dit mon nom.

C'est un piège ! Un piège !

Il ne peut pas s'agir de mon grand-père, puisqu'il est mort.

La panique me gagne, me suffoque. J'étouffe. J'ai peur de devenir fou. Je me surprends à pirouetter sur moi-même comme un derviche tourneur. J'ignore pourquoi d'ailleurs ; peut-être dans l'espoir de me réveiller de ce cauchemar, ou de tomber raide mort. De très loin m'arrivent les dernières notes de *Paloma*.

– Qu'est-ce que tu as ? glapit Ilaria. Tu es bizarre.

Brusquement je m'arrête et je la regarde. Je dois avoir l'air vraiment hagard, car ma sœur recule de deux pas, la mine inquiète.

Je tente avec difficulté de sécréter un peu de salive afin de pouvoir parler.

– Maman a été enlevée, dis-je d'une voix blanche.
– Quoi ?
– On l'a kidnappée.
– Mais qui ? gémit-elle.
– Les Russes. Nous devons partir d'ici, Ilaria, vite. Tout de suite !

Un frisson la parcourt sous sa robe rose désormais froissée.

– Pourquoi l'ont-ils enlevée ?
– Tu te rappelles ce que je t'ai raconté ? À propos des Russes qui veulent la formule de la potion inventée par papa ? C'est pour ça qu'ils ont emmené maman. Ils ont dû penser que c'était elle qui l'avait.
– Que vont-ils lui faire ?
– Je ne sais pas. La garder vivante, l'enfermer quelque

part. Mais quand ils se rendront compte qu'elle n'a pas la formule, ils s'en prendront à moi.

– Tu crois qu'ils l'ont emmenée en Russie avec eux ? Elle est avec papa, maintenant ?

– Peut-être.

– On n'a qu'à regarder les informations à la télévision, suggère-t-elle, raisonnable. Ils diront qui l'a enlevée et où elle est.

Ma sœur est déjà près de l'appareil, la main sur le bouton.

– Pas la peine, Ilaria. Laisse tomber.

Elle interrompt son geste et se met à pleurer.

– Qu'est-ce qu'on fait, alors ?

Je ne réponds pas. Je suis conscient d'avoir l'air fébrile, inquiet, mais je ne parviens pas à me composer une autre expression. Je n'ai pas le temps de réconforter ma sœur. Je dois réfléchir.

Je sais où maman garde un peu d'argent. Si elle a été enlevée, comme la radio allumée et le lit défait le laissent à penser, il n'aura pas bougé. Si, en revanche, il n'y a plus rien dans sa cachette, c'est qu'elle est peut-être sortie de son plein gré.

J'ouvre le tiroir de la commode, déplie ses longs bas de laine. À l'intérieur, le rouleau de billets de banque, intact. Je les fourre dans ma poche sans les compter, avec ceux destinés à payer le déjeuner que les parents de Maria nous ont finalement offert.

Maman n'est pas partie volontairement.

– Allons-nous-en. Tout de suite !

Rendue muette par la peur, Ilaria attrape son sac de plage – qui contient une serviette de toilette, un maillot de bain mouillé, des brassards gonflables.

– Ça ne servira à rien, tout ça. Enfile juste un gilet.

Elle s'exécute.

J'enfile à mon tour mon blouson tout en réfléchissant. Il vaut sans doute mieux que nous passions par la cour. En escaladant le muret qui la sépare de l'immeuble voisin, nous pourrons emprunter un autre escalier et déboucher dans une ruelle à l'écart.

Au cas où quelqu'un nous guetterait en bas.

J'ai déjà ouvert la porte, quand une nouvelle idée me vient.

– Attends-moi ici, dis-je à Ilaria avant de courir vers ma chambre. — Je reviens moins de trente secondes plus tard. — Allons-y.

Je tire ma sœur par la main, mais celle-ci trébuche à chaque pas, comme si elle ne savait plus marcher. Nous ne croisons personne. Au milieu de la cour pourtant, je m'arrête net. Ilaria me dévisage avec insistance, effrayée.

– La radio. Nous l'avons laissée allumée.

Je hausse les épaules.

– Tant pis.

Nous repartons.

Une fois dans la ruelle, nous prenons la direction opposée à notre appartement. Au bout d'un moment, las de voir Ilaria manquer sans cesse de tomber, je tente quelque chose :

– Tu ne trouves pas que c'est une aventure fantastique, Ilaria ? Nous, on est les gentils et on doit échapper aux méchants Russes et sauver notre mère. Tu sais bien que les gentils gagnent toujours, n'est-ce pas ?

Contrairement à ce que j'espérais, ma sœur n'est pas réceptive à ma fougue. Elle pleurniche doucement, tête baissée. Elle veut sa maman. C'est tout.

19
(Santino)

Chaque jour, beaucoup de monde allait et venait dans la chambre de Santino. Turi lui rendait souvent visite et cherchait par tous les moyens à rester en tête-à-tête avec son neveu. La seule qui ne passait jamais le voir était sa grand-mère Nunzia, trop vieille et trop impressionnable pour sortir de chez elle. Assunta, elle, dormait là tous les soirs, dans un fauteuil qui se transformait en lit d'appoint.

Les infirmières étaient bien sûr les plus assidues, apportant à manger à Santino, le changeant, désinfectant ses blessures. L'enfant avait déjà rédigé trois lettres à l'attention de Paola, mais il avait aussi écrit à Teresa et à Rosa. Dans les couloirs, il n'était question que du gamin miraculé, devenu la mascotte de l'hôpital. Les policiers se montraient fréquemment sur le seuil et entraient parfois même bavarder un peu. Leurs commentaires distrayaient Santino.

Il reprenait cependant son sérieux lors des rencontres avec le psychiatre et la psychologue. Au programme, toujours des questions, des schémas indiquant la position des deux hommes devant la grille de la ville fantôme, des tests de mémoire. Il se débrouillait bien, mais les schémas en question étaient assez fantaisistes.

Et puis il y avait le magistrat.

Malgré l'anxiété que suscitaient ses visites, Santino s'était rendu compte qu'il les attendait avec plaisir.

Lors de chacune d'elle, Francesco s'asseyait à côté du lit et lui expliquait comment fonctionnait la Mafia. Il parlait du *pizzo* que devaient payer tous les commerçants et chefs d'entreprise sous peine de voir brûler leurs locaux, de ces mafieux qui « éteignaient » des vies humaines avec la même désinvolture qu'une cigarette ou le moteur d'une voiture. J'ai *éteint* Untel, disaient-ils : je l'ai tué. Et ils avaient l'audace de justifier leur comportement en prétendant protéger les citoyens, l'État n'en étant pas capable. Ils se vantaient d'être des « hommes d'honneur ».

Autant dire qu'ils se prenaient pour l'État.

Un État assassin.

Mais la réalité était tout autre : les mafieux étaient les ennemis de l'État.

– Les gens qui travaillent pour l'État sont donc les gentils ? avait demandé Santino, un jour, s'efforçant de comprendre. Même les flics ?

Francesco lui avait adressé un sourire pâle.

– Oui, les « flics » sont d'honnêtes gens. Même si les mafieux soutiennent que ce sont eux les méchants.

Un matin, d'humeur batailleuse, Francesco lui expliqua

également pourquoi les témoins et les victimes ayant survécu n'osaient en général pas parler.

– Ce silence collectif se nomme « l'omertà », Santino. Il fait partie de la culture sicilienne. Nous en héritons de génération en génération ; dès l'âge où on apprend à marcher, on sait qu'il ne faut jamais évoquer ces affaires. Les yeux ne voient rien, les oreilles n'entendent rien. Si on parle, on est un infâme. Toi aussi, tu connais ce mot, je parie.

Santino sursauta. Le juge poursuivit avec chaleur :

– L'omertà naît surtout de la peur : la peur d'être tué par la Mafia, la peur de voir son magasin incendié, la peur pour sa famille. C'est compréhensible. Mais toi, Santino, tu n'as rien à craindre. Nous te protégeons et nous continuerons à le faire.

Il prit ainsi l'habitude de le lui répéter à chacune de ses visites :

– Nous te protégeons. Tu dois nous faire confiance. Nous sommes avec toi. Je ne laisserai personne te faire du mal.

Cependant, même s'il croyait Francesco, même s'il était convaincu que les sentinelles ne laisseraient passer aucun étranger et qu'on ne pourrait donc pas l'*éteindre*, Santino ne voulait pas se comporter en infâme. Aussi répondait-il invariablement :

– Je ne me rappelle pas.

Malgré la monotonie de la vie à l'hôpital, les jours passaient, rapidement. Assunta se rendit à la cérémonie donnée en souvenir de son mari et de son père, laissant

Santino en compagnie de Paola, l'infirmière aux taches de rousseur.

À son retour, sa mère éclata en sanglots.

– Maintenant, tu es tout ce qu'il me reste, dit-elle à Santino. Mon amour, ma vie…

Paola la prit avec douceur dans ses bras.

On lui avait ôté son plâtre et ses bandages. Il pouvait désormais se lever et circuler dans sa chambre à l'aide de béquilles.

Il ne se préoccupait pas de ce qui se passerait après sa guérison. Il dessinait, écrivait toujours aux infirmières. Sa mère et lui avaient de longues discussions, n'avaient jamais échangé autant de caresses, de baisers. Parfois, Assunta lui chantait de vieilles berceuses à mi-voix, et Santino avait l'impression de redevenir un bébé, se blottissant contre la douce poitrine maternelle. Parfois, aussi, il réclamait *Ciuri Ciuri*.

Assunta commençait d'une voix hésitante, mais bien vite, elle chantait plus fort, et le rythme joyeux remplissait la petite chambre.

Ciuri ciuri, ciuri
Di tuttu l'annu
L'amuri ca mi dasti
Ti lu turnu…

Santino souriait. *Fleurs, fleurs de toute l'année, l'amour que tu m'as donné, je te le rends.* C'était un peu comme si des roses, des cyclamens, du mimosa, des tulipes étaient entrés par la fenêtre.

Quand Francesco faisait son apparition, brisant cette idylle, sa mère se taisait aussitôt, un peu gênée. Santino se sentait alors à la fois déçu et content.

Les béquilles finirent elles aussi par être mises de côté.

Un matin, le magistrat entra avec une expression plus grave et plus résolue que d'habitude.

– Bonjour, Santino, dit-il en prenant une chaise et en l'approchant sans perdre une minute du fauteuil où était vautré le garçon.

– Bonjour, bredouilla ce dernier, que cette entrée en matière décidée avait rendu méfiant.

Francesco se tourna vers Assunta et lui fit signe de les laisser seuls.

– Il faut qu'on discute de choses importantes aujourd'hui, toi et moi, Santino. Sais-tu que, d'après les médecins, tu es guéri ? Tu vas bientôt pouvoir partir d'ici. Tu es content ?

Santino hocha légèrement la tête. En réalité, la perspective de quitter cette chambre l'effrayait.

– Avant de sortir de cet hôpital cependant, il va falloir que tu prennes une décision. Que tu le veuilles ou non, il va falloir que tu fasses un choix. Je vais te parler comme à un adulte. Écoute-moi bien. Il y a deux possibilités.

Santino était tout ouïe. Le visage de Francesco avait quelque chose de différent, aujourd'hui. Pas de flatteries, pas de sourires caressants, pas de plaisanteries. Son ton n'était pas celui qu'on emploie généralement avec un enfant ; il lui parlait vraiment comme à une grande personne.

– La Mafia est une chose affreuse qui doit être combattue. Ça, tu l'as compris. Elle semble invincible, mais elle ne l'est pas, car elle est composée de gens comme nous. Aucun groupe humain n'est invincible, si d'autres sont réellement déterminés à en venir à bout. Mais pour ça, il faut des gens passionnés qui luttent pour la vie avec la même intensité que ceux qui souhaitent la destruction et la mort.

Jamais encore le juge ne s'était exprimé avec une telle emphase. Santino fronça les sourcils, surpris.

Francesco sourit. Son visage sévère s'adoucit brusquement.

– Ce n'est pas moi qui ai dit ça. C'est Gandhi. Tu sais de qui il s'agit ?

– Non.

– Eh bien, Gandhi était un homme qui luttait de toutes ses forces pour des causes justes, en Inde, sans jamais avoir recours à la violence.

– Papa non plus n'était pas violent. Il ne m'a jamais tapé dessus.

– Je sais. Ton père était un brave homme, pas un mafieux. Il a été parfois poussé à voler pour entretenir sa famille, mais il ne nuisait à personne. J'en suis convaincu. Ton grand-père non plus n'aurait jamais fait de mal à une mouche. Mais ils n'ont pas eu la force de dénoncer les mafieux qu'ils fréquentaient. Ils espéraient que ceux-ci les protégeraient, alors que, en réalité, ce sont eux qui les ont tués. Ton papa et ton papy avaient dû les gêner ou leur désobéir d'une manière ou d'une autre.

— Ils voulaient garder l'argent pour payer ma première communion, laissa échapper Santino.

Le juge le regarda fixement pendant une minute, sans prononcer un mot.

— De quoi financer ta première communion. Et c'est pour ça qu'on les a tués. Comprends-tu que des individus aussi impitoyables doivent absolument être placés dans un endroit où ils ne pourront plus faire de mal à personne ?

À ce moment précis, Santino envia le magistrat. Confusément, certes, mais il envia ses certitudes, son énergie, sa témérité. Tous les jours, celui-ci risquait sa vie. Un matin, il lui avait même confié qu'il ne pouvait jamais se promener sans garde du corps. Nombreux étaient les juges et magistrats éliminés par la Mafia. Santino aurait pourtant voulu lui ressembler, penser comme lui, être aussi courageux que lui.

— Si tu me donnes le nom des assassins de ton père et de ton grand-père, reprit Francesco, nous pourrons leur faire un procès loyal. Si, en revanche, tu choisis de te taire, nous devrons les laisser en liberté par manque de preuve décisive. Sache que nous en avons arrêté un, après avoir trouvé chez lui une chemise tachée du sang de ton grand-père. L'homme l'avait lavée, mais grâce au luminol, les taches sont réapparues.

– C'est quoi, le luminol ? demanda Santino, très troublé.

– Une substance qui permet de déceler des taches invisibles à l'œil nu. Nous savons parfaitement que cet individu est un mafieux, mais nous ne pouvons pas le garder indéfiniment avec cette maigre preuve. Quant à l'autre, nous ne savons même pas qui c'est. Mais toi, tu as vu ces deux hommes.

– Oui, chuchota Santino, les yeux grands ouverts sur une image intime et terrible. Je les ai vus...

L'enfant venait de décider qu'il aurait tort de ne pas être du côté de la justice. Il voulait que les coupables soient punis, fût-ce au prix de sa propre vie. C'étaient eux, les infâmes. Eux, pas lui.

– De qui s'agit-il ?

Recroquevillé dans son fauteuil, Santino regarda autour de lui.

– Il y a des micros, ici ?

– Des micros ? Dans cette chambre ? Non, nous n'en avons pas mis. Qu'est-ce qui t'a fait croire une chose pareille ?

– Dans les films, il y en a toujours.

Il ne voulait pas parler de Turi.

– Les connaissais-tu ? Les assassins, les connaissais-tu ?

– J'en connais un.

– Comment s'appelle-t-il ?

Francesco s'était adressé à lui d'un ton calme, en le fixant droit dans les yeux.

– Belette.

– C'est un surnom ?

– Il a une moustache qui le fait ressembler à une belette. C'est comme ça que je l'appelais.

Santino eut un sourire forcé, conscient de n'avoir encore rien dit d'important.

– Voilà pourquoi tu avais peur de la moustache de Gigli, le psychiatre ! Bon, et est-ce que tu connais le prénom de ce « Belette » ?

Santino hésita. Devait-il vraiment parler ? Trahissait-il quelqu'un ? Sa mère l'approuverait-elle ?

Son incertitude se transforma en bâillement.

Le magistrat se leva.

– Je vois que tu n'as pas envie d'en dire plus. Tant pis. Ce sera beaucoup plus difficile pour nous de retrouver les assassins de ton père.

Il se dirigea vers la porte. Une voix, à peine plus qu'un souffle, le rejoignit sur le seuil.

– *U Taruccatu*.

Francesco revint sur ses pas.

– Ça aussi, c'est un surnom. C'est toi qui le lui as donné ?

– Non… c'est eux.

– Connais-tu son vrai nom, Santino ? Sinon, ce n'est pas grave, nous pouvons toujours enquêter sur l'identité de ce *u Taruccatu*. Nous la découvrirons sûrement. Mais ce sera long, et le temps nous est précieux.

L'enfant prit soudain conscience qu'il se trouvait devant une frontière, une ligne de démarcation importante, au-delà de laquelle sa vie changerait du tout au tout. Il était en équilibre entre deux mondes. Il réfléchit encore. Qu'allait penser sa mère ? Et là il sut, avec certitude, que c'était à lui de prendre une décision. Sa mère n'avait rien à voir là-dedans. C'était à lui, à lui seul, de franchir cette ligne dangereuse.

Il se redressa dans le fauteuil, posa les pieds par terre, empoigna les accoudoirs. Son épaule était encore douloureuse et son genou rigide, mais une nouvelle force l'habitait.

— Pasquale Loscataglia, prononça-t-il d'une voix claire en ne quittant pas Francesco des yeux.

Il se sentit immédiatement soulagé. Comme s'il s'était débarrassé du poids terrible qui l'écrasait.

— Le fils de don Ciccio, le parrain du clan des Loscataglia !

Le magistrat avait perdu son calme imperturbable. On aurait dit un petit garçon tout excité. Il se passa une main dans les cheveux.

— Cela fait des années que nous recherchons don Ciccio, Santino, mais il parvient toujours à nous échapper. Il se cache bien, le *Scannapopulu*[1]. Tu vois, nous connaissons même son surnom, à cette crapule. C'est donc son fils qui t'a tiré dessus ! Sais-tu où il habite ?

— Non. Personne ne le savait, chez nous. C'était lui qui venait nous voir, ou bien il donnait rendez-vous à papa dans plein d'endroits différents.

---

1. Le massacreur, l'égorgeur.

– Tant pis. De toute façon, il a certainement déjà quitté son domicile habituel. Et l'autre, celui qui a tué ton grand-père ?

– Je ne le connais pas. Je ne l'avais jamais vu.

– Je suis certain qu'il s'agit de l'homme que nous avons arrêté et qui attend son procès à la prison de l'Ucciardone. Cet après-midi, je te montrerai des photos, pour confirmation. Tu as été formidable, Santino. Tu as fait ce que beaucoup d'adultes n'ont jamais eu le courage de faire !

L'enfant se laissa aller dans son fauteuil. C'était fini. Il se sentait épuisé, vide, mais aussi plus serein qu'il ne l'avait jamais été. Il avait agi selon son devoir, comme dans les westerns, quand le méchant passe du côté des gentils. Même si, en général, cela lui coûte la vie.

– Tu crois qu'on va me tuer, maintenant, Francesco ?

– Bien sûr que non. Tu seras protégé par la police, Santino. Pour toujours.

– Si je suis toujours vivant, tu crois que je pourrais être flic, plus tard ?

Francesco sourit.

– Tu aimerais ça ?

– Oui.

– Je pense que tu pourrais même devenir magistrat ou juge, si tu en as envie. Tu en as l'étoffe. Mais pour ça, il va falloir que tu t'intéresses un peu plus à l'école !

20
(Lucio)

Je continue à marcher à toute allure en tirant Ilaria par la main, sans même savoir où je vais. Dans mon esprit tourbillonne une tornade de pensées, dont une qui m'obsède : le texto venait de Palerme et disait « Ta mère est mourante ».

Il fallait une raison valable, dramatique, pour convaincre ma mère de retourner à Palerme.

Comme de lui annoncer que Nunzia était en train de mourir.

Je suis certain que mamy n'est pas moribonde. Je ne sais pas pourquoi. Je le sens.

C'est un piège bien monté.

Mais qui pouvait connaître la promesse faite par ma mère ? Qui a pu en parler ? Qui ? Un seul nom me vient à l'esprit. Une personne de la famille. Quelqu'un qui est en contact avec *eux*. Peut-être…

Et comment ont-ils fait pour nous retrouver ? J'y réfléchirai plus tard. Pour le moment, ce qui compte, c'est de parvenir jusqu'à Palerme. De partir sur les traces de maman. Mais je n'irai pas là où ils m'attendent. J'irai voir le Chasseur. Ils ne peuvent pas deviner que je vais agir de la sorte. Ils ne s'en doutent pas.

Il faut également que je me concentre sur un problème plus immédiat : à qui vais-je confier Ilaria ? Inutile de la mettre en danger en l'emmenant en Sicile avec moi. Or Monica est en Sardaigne avec ses parents. Notre voisine est absente. Alors, à qui ?

Aucune idée.

Réflexion faite, ma sœur n'est pas un colis que je peux déposer n'importe où. Elle sangloterait à s'en rendre malade. En l'absence de maman, elle a besoin de ma présence comme de l'air qu'elle respire. Moi seul peux la calmer ; moi seul la comprends vraiment. Et même mieux que maman.

Plus de doute. Elle part avec moi.

Maintenant il me reste à trouver comment nous rendre à destination. Nous montons dans un bus. La ville et les passants me rendent nerveux : je voudrais être invisible.

J'ai pris mon portable, ainsi que celui de maman avec le numéro de l'homme qui l'a contactée depuis Palerme, même si je n'ai pas l'intention de le rappeler. *Ils* ont en effet les moyens de localiser la provenance d'un appel. Ils y parviennent encore mieux que la police. C'est d'ailleurs peut-être justement ce qu'ils attendent : que je leur passe un autre coup de téléphone pour qu'ils puissent remonter jusqu'à moi. Le premier n'a pas pu suffire : j'ai raccroché tout de suite.

Je donnerai le numéro au Chasseur.

– Où allons-nous ? me demande Ilaria d'une voix pitoyable.

Ses joues sont de nouveau rouge vif, mais pas à cause du froid cette fois ; nous sommes tous les deux trempés de sueur.

Je lui chuchote à l'oreille :

– Au port.

Devrais-je plutôt m'adresser à madame Ventura, la psychologue ? Elle risquerait malheureusement de prévenir tout de suite les autorités de Livourne, et Ilaria et moi serions enfermés quelque part en attendant que les policiers aient débrouillé l'affaire. Et puis ces derniers ont trop souvent tendance à utiliser leurs armes. Avec maman dans le rôle de l'otage, ça pourrait très mal finir.

– Tu sais ce qu'on va faire ? dis-je tout bas à ma sœur. On va prendre un bateau et aller voir le Chasseur. Lui saura retrouver maman.

– C'est qui, le Chasseur ?

– Mon meilleur ami.

– Tu inventes !

– Bien sûr que non. Pourquoi ferais-je ça ?

– Tu ne m'en as jamais parlé ! fait-elle, vexée.

– N'empêche qu'il existe et que c'est un dur à cuire. Il n'a pas peur des Russes, lui. Il connaît leurs manœuvres et sait les débusquer.

Ilaria me dévisage, sourcils froncés. Je ne suis pas certain qu'elle me croie.

– C'est mon meilleur ami, je répète. Je lui fais confiance à cent pour cent.

Nous descendons donc du bus au port des Médicis. Je connais bien cet endroit. C'est de là que partent les ferries.

Je jette des coups d'œil alentour d'un air frénétique. Ilaria suce son pouce tout en restant agrippée à moi de l'autre main.

Inutile pourtant que je m'agite ainsi. Les ravisseurs ont probablement quitté Livourne en voiture. Avec un prisonnier, on ne prend pas un bateau où on peut être vu par n'importe qui. On voyage dans un véhicule privé. À moins que maman ne s'imagine réellement qu'on l'emmène chez sa mère mourante et qu'elle ne les ait suivis sans protester ? Non, elle ne serait jamais partie sans nous. Et elle aurait flairé le piège tout de suite. Peut-être l'ont-ils attachée, bâillonnée, enfermée dans le coffre de la voiture.

Je dois garder tout ça pour moi. Ilaria est déjà bien assez effrayée comme ça.

Où achète-t-on les billets pour Palerme ? J'arrête une femme, à qui je pose la question.

– Pour Palerme ? Là-bas, là où vous pouvez lire FERRIES RAPIDES.

Au guichet, nous faisons la queue en silence. Quand notre tour arrive, le cœur battant, je demande d'une voix claire :

– À quelle heure part le ferry pour Palerme ?

– Celui d'aujourd'hui ?

– Oui, s'il vous plaît.

Le vendeur s'adresse à moi sans me regarder, la tête penchée sur ses papiers.

– À 23 h 59. — Il lève enfin les yeux mais ne semble

pas surpris pour autant de se trouver face à un garçon de douze ans. — Minuit moins une minute, donc. Le voyage dure dix-neuf heures. Aller-retour ?

– Aller simple, pour deux personnes, dont un enfant.

Je n'ose pas demander si j'ai droit à une réduction, moi aussi. Je veux le persuader que j'effectue une commission pour le compte de mes parents.

– Fauteuils, cabine interne, cabine externe ?

J'opte pour ce qui me paraît le plus économique :

– Fauteuils.

Il me donne le prix. Heureusement, j'ai une somme assez importante dans la poche secrète de mon blouson. J'extrais avec précaution quelques billets de banque du rouleau de maman et je range le reste.

L'homme me tend deux tickets et m'indique le quai d'embarquement.

Il est sept heures du soir. Nous avons cinq heures à attendre – moins une minute. Il va falloir acheter quelque chose à manger et dénicher un endroit où rester en sécurité jusqu'à minuit.

Muni de deux sandwiches et d'un Coca, je conduis Ilaria vers le quai 9. Je me rappelle qu'au bout du môle qui entoure le port des Médicis se trouve en effet une série de vieilles remises protégées par une grille ; collées les unes aux autres, elles ressemblent aux wagons d'un train abandonné en piteux état. Elles doivent être inutilisées depuis des années. C'est là que j'ai l'intention de me cacher en attendant le départ.

Cette partie du port est déserte : les amateurs de pêche à la ligne y viennent tôt le matin, ou en début d'après-midi. Inutile cependant de traîner.

Nous franchissons un portail rouillé. Je jette un coup d'œil à l'intérieur d'une des remises dont de nombreux carreaux sont cassés. J'entrevois divers objets, mais il fait trop sombre pour comprendre de quoi il s'agit. Impossible par ailleurs de passer par la fenêtre : un châssis métallique entoure chaque petit carreau. J'essaie donc de pousser une porte en bois, à moitié pourrie. Celle-ci ne s'ouvre pas. Un coup d'épaule, et elle grince. Un autre, et elle craque. Au troisième, quelques lattes cèdent et s'écartent, suffisamment pour que nous nous y glissions.

Je passe la tête par l'ouverture. Il fait noir, et on sent une forte odeur de moisissure.

Ilaria fait un pas en arrière.

– C'est une cachette idéale, dis-je en la poussant à l'intérieur.

Il y a de tout par terre : des cordages, de vieilles ancres, des safrans, des outils, des voiles en piteux état. Du coin de l'œil, j'aperçois même un petit animal qui court se cacher dans l'ombre. Une souris ? Mieux vaut ne pas en parler à ma sœur. Je remets grossièrement en place les planches de la porte derrière nous. Le résultat est approximatif ; j'espère que personne ne traînera dans les parages.

Nous nous accroupissons dans un coin. Je sors le Coca et le tends à Ilaria.

– Il n'y a pas de paille !
– Bois directement dans la cannette, alors !

Je regrette aussitôt mon ton brusque et lui offre un sandwich en m'efforçant de sourire.

Nous mangeons en silence, lentement. Nous avons tout notre temps et nous sommes plus ou moins en sécurité. Une fois notre repas terminé, je roule mon blouson en boule et le dépose par terre.

– Tiens, utilise ça comme oreiller.

Ilaria obtempère sans protester. Elle s'allonge. Ses joues ont repris leur pâleur coutumière. Elle fourre son pouce dans sa bouche et, au bout de quelques minutes, elle ferme les yeux.

Il fait chaud. Heureusement, cela devrait se rafraîchir après la tombée de la nuit.

Je m'étends à mon tour, posant ma tête sur un rouleau de cordages.

Tâtant la poche de mon pantalon, je sens sous mes doigts le petit couteau indien. Il me redonne du courage. J'ai bien fait de retourner le prendre avant de partir. C'est une arme, et j'ai besoin de pouvoir me défendre.

Je demeure éveillé. Je réfléchis. Il ne faut pas que je m'endorme. Il ne manquerait plus que nous rations le ferry. Je vais devoir surveiller ma montre.

Ilaria ronfle légèrement. Je suis seul. Et soudain, un flot de pensées déferle sur moi. Ce sont des souvenirs du Chasseur – l'homme qui a changé ma vie.

21
(Santino)

La veille du jour où le patient le plus célèbre de tout le service reçut la permission de quitter l'hôpital, Francesco vint lui rendre visite, un dossier noir sous le bras.

Santino était seul dans sa chambre.

Le magistrat ouvrit de suite le dossier et aligna une série de photos sous ses yeux. Quinze gros plans de visages patibulaires. Sans hésiter, Santino pointa du doigt le cliché de Pasquale et celui de l'autre homme, qu'il n'avait jamais rencontré avant le guet-apens.

– Tu es sûr ?

– Sûr et certain.

Mais cela ne suffisait pas.

Francesco l'avait en effet déjà dit à Assunta : « Avant que vous ne partiez, Santino devra venir au tribunal afin d'effectuer l'identification officielle. C'est indispensable, même s'il arrive à désigner les assassins sur les photographies signalétiques. Nous devons le confronter à ces individus derrière un miroir sans tain. »

Il devait à présent l'expliquer à l'enfant.

– Voilà comment ça fonctionne : du côté où ils se trouvent, les hommes ne voient qu'un miroir normal, tandis que de notre côté, il s'agit d'une vitre transparente.

– Je sais. J'ai déjà vu ça dans un film, à la télé.

– Très bien. Ça t'aidera à ne pas avoir peur.

Mais Santino était tout sauf rassuré.

– Je ne veux pas les voir de près !

– C'est absolument nécessaire. Et ce sera ta dernière épreuve, promis. On appelle ça un « incident probatoire ». Ce sont des mots compliqués, mais ça veut simplement dire que tu n'auras plus besoin de témoigner lors du procès, parce que tu l'auras déjà fait avant. Tu sais, c'est toujours très long de conduire un procès ; il faut rassembler les avocats, le juge d'instruction, le juge, les jurés. Ça prend beaucoup de temps. Mais toi, on ne te dérangera plus.

– C'est qui, le juge d'instruction ?

– C'est la personne qui représente l'État et qui recueille les preuves contre les accusés, c'est-à-dire ceux que l'on soupçonne d'avoir commis un crime. Tuer, c'est un crime.

– Je sais.

– Bien. Les avocats, eux, défendent les accusés.

– Et qui va attaquer les accusés ?

– Dans ton procès ? Tu crois que je laisserais quelqu'un d'autre s'en charger ? Ce sera moi, bien sûr !

Santino sourit, soulagé :

– Si c'est toi, je suis certain qu'ils vont finir en prison !

– Je l'espère. Mais n'oublie pas que les avocats des mafieux sont très malins, et que l'un des coupables est introuvable.

Juste après le départ de Francesco, Paola, l'infirmière, entra dans la pièce. Elle tenait à la main un petit sac de gaze bleue qu'elle tendit à l'enfant.

Des bonbons! se dit joyeusement Santino. Il se redressa immédiatement dans son fauteuil pour s'en emparer, mais en tâtant la pochette, il réalisa son erreur.

Paola souriait.

– C'est ta *trinacria*, lui dit-elle. Je l'ai conservée précieusement. J'ai pensé que maintenant que tu allais mieux, tu n'en aurais plus peur.

Santino retint une grimace et hocha faiblement la tête.

– Tu as sûrement envie de la garder, à présent, n'est-ce pas ? Au fond, ce talisman t'a peut-être sauvé la vie.

Santino acquiesça de nouveau, la mine grave.

– Veux-tu que je t'aide à la passer autour de ton cou ?
– Non, plus tard.

Ne voulant pas faire de peine à Paola, l'enfant glissa le petit sac dans la poche de son short et remercia l'infirmière poliment.

– Tu me manqueras, s'attrista celle-ci. Le travail à l'hôpital est parfois monotone, mais avec toi, je ne m'ennuyais jamais ! Sais-tu que j'ai accroché tes dessins aux murs, chez moi ? Tout le monde me dit que tu as beaucoup de talent, pour ton âge.

Elle le serra tendrement dans ses bras.

— Tu es vraiment très belle, répéta Santino. La plus belle de toutes. Tu mérites dix sur dix.

L'infirmière se mit à rire, visiblement touchée, et Santino comprit qu'elle regrettait pour de bon qu'il s'en aille.

Le bipeur de Paola se mit alors à sonner, et elle se précipita hors de la chambre en lançant un baiser à l'enfant.

Santino demeura un moment immobile, assis dans son fauteuil, l'air pensif. Puis il se leva et boitilla jusqu'à la salle de bains.

Il lui fallait un objet lourd. Il regarda autour de lui. Le verre à dents était en plastique. Comme tout ce que contenait cette pièce, d'ailleurs. Il retourna donc dans la chambre. Le chariot avec son petit déjeuner était toujours là, et il l'examina avec attention.

Un seul objet lui parut adapté : le plateau en métal. Il le soupesa. Parfait.

Le tenant à deux mains, Santino repartit péniblement en direction de la salle de bains, où il sortit le sachet de sa poche. Il faillit l'ouvrir, se ravisa. Il le posa ensuite sur le carrelage et se mit à taper dessus avec le plateau, de toutes ses forces. Plus il tapait, plus sa colère augmentait. Le fait que le bruit puisse attirer quelqu'un ne lui passa même pas par la tête.

Il continua à s'acharner ainsi pendant un certain temps, jusqu'à ce que, épuisé, le visage en sueur, il s'arrête pour tâter le sachet du bout des doigts. Son contenu était en miettes. Par acquit de conscience, il donna pourtant encore quelques coups, moins vigoureux, puis se releva, le sachet à la main. Se tenir si longtemps accroupi lui avait fait mal à la jambe. Il dénoua le mince ruban de soie, fit tomber les débris dans les toilettes, secouant la gaze jusqu'à ce qu'il ne reste plus rien de la *trinacria* offerte par Pasquale. Après un instant d'hésitation, il jeta aussi le sachet vide : il ne voulait rien conserver qui ait été en contact avec le médaillon maudit.

Enfin, il tira la chasse et regarda avec un sourire mauvais les fragments disparaître, aspirés par le tourbillon.

Déclaré guéri par tous les médecins l'ayant examiné, Santino fit ses adieux aux policiers et aux infirmières en larmes, avant de sortir en boitant de l'hôpital entre sa mère et Francesco.

Il prit place avec eux à l'arrière d'un véhicule de la police. À l'avant, le chauffeur et un garde du corps.

Maintenant qu'on approchait du moment fatidique, Santino tournait et retournait dans sa tête les termes judiciaires compliqués que le magistrat avait employés, dans l'espoir de leur trouver un sens.

Au fur et à mesure que la voiture progressait vers l'assassin de son grand-père, il était également envahi par l'angoisse. Il se mit à tambouriner des pieds sur le dossier du siège avant.

Ils se garèrent devant le tribunal. Au-dessus du portail, le mot JUSTICE se détachait en lettres de pierre.

Santino n'avait pas envie de descendre mais, après un profond soupir, il posa un pied dehors.

– Et si je ne le reconnais pas ?

– Dans ce cas, il faudra le dire, répondit Francesco de sa voix calme. Tu n'es pas obligé de désigner quelqu'un, bien sûr.

– Je serai à côté de toi, mon chéri, ajouta sa mère. Ne t'en fais pas.

– Non, madame. Je suis désolé, mais vous allez devoir attendre à l'extérieur ; votre présence pourrait influencer Santino.

Assunta essaya d'en rire.

– Tu as vu comme tu es important ? Le monsieur ne veut que de toi !

Avant de franchir les portes du bâtiment, Santino fit halte devant un étrange monument qui se dressait devant l'édifice.

– C'est quoi, ce truc en pierre verte ?

– Ce n'est pas de la pierre, mais du bronze. Et ce sont deux ailes, tu vois ? Elles représentent Niké, la déesse de la victoire.

Désireux de gagner du temps, l'enfant leva les yeux.

– Il y a un drapeau italien accroché là-haut, fit-il remarquer.

– Bien sûr.

Il observa les marches qui entouraient la place au centre de laquelle s'élevaient les deux ailes de bronze. Sur chacune d'elles étaient gravés un nom et une date. Il se mit à lire à voix haute :

– Paolo Borsellino 1992, Francesca Morvillo 1992, Giovanni Falcone 1992, Rosario Livatino 1990, Antonino Saetta 1988…

Ils étaient trop nombreux. Il s'arrêta.

– Ce sont tous des femmes et des hommes qui ont été assassinés parce qu'ils combattaient la Mafia, Santino.

– Et pourquoi a-t-on mis leur nom sur ces marches ?

– Pour se souvenir d'eux. Il ne faut jamais oublier ceux qui ont sacrifié leur vie afin d'apporter la paix dans cette île maltraitée. Le faire équivaudrait à les tuer une seconde fois.

Francesco secoua la tête, comme s'il regrettait déjà sa ferveur, tandis que l'effroi apparaissait sur le visage de Santino.

– Toi aussi, tu vas sacrifier ta vie ?

– Santù ! le gronda Assunta. Tu poses de ces questions !

Le magistrat avait retrouvé son calme habituel et répondit avec un doux sourire :

– Moi, je fais très, très attention. Ne t'inquiète pas, je serai plus malin qu'eux. Allez, courage. Entrons.

Santino fit alors un geste qu'il n'avait encore jamais osé faire : il lui prit la main. De l'autre, il serrait celle de sa mère. Ainsi, entre eux deux, comme en sandwich, il éprouva une curieuse impression de déjà-vu. Il se sentait protégé.

Ils pénétrèrent dans le hall du palais de justice.

Après avoir conduit Assunta dans une petite salle, Francesco et Santino, toujours main dans la main, empruntèrent de longs couloirs jusqu'à la pièce à la vitre spéciale.

Deux hommes que le garçon n'avait jamais vus les y attendaient. Francesco lui expliqua que l'un était le juge qui allait diriger le procès et l'autre l'avocat de la défense. La vitre mystérieuse, elle, était invisible : un volet métallique la recouvrait entièrement.

Santino examina du coin de l'œil l'avocat des accusés, un binoclard pâle et maigre, aux épaules tombantes. Se sentant observé, celui-ci lui adressa un sourire niais.

L'enfant avait cependant conscience que cet homme était son ennemi. Il avait peut-être l'air d'un pauvre type, mais il était du côté des méchants.

Francesco, remarquant l'attitude apeurée du garçon, lui chuchota à l'oreille :

– Ne t'inquiète pas. L'avocat n'a pas l'autorisation de t'adresser un seul mot. Il a uniquement le droit de regarder ce qui se passe.

Puis, s'apercevant que le jeune témoin était trop petit pour atteindre la vitre, il s'exclama :

– Il nous faut une chaise !

On apporta un tabouret. Santino grimpa dessus. L'avocat suivait des yeux le moindre de leurs mouvements.

– Tu es prêt ? demanda Francesco.

– Oui.

La lumière s'éteignit.

Dans le noir, l'enfant entendit le bruit du volet qu'on remontait et qui laissa apparaître une pièce illuminée. Trois hommes étaient debout derrière la vitre, face à lui.

Le cœur de Santino se mit à battre si violemment qu'il semblait vouloir sauter hors de sa cage thoracique pour s'enfuir.

– Ne te laisse pas impressionner, surtout, lui recommanda Francesco. Je te rappelle qu'ils ne peuvent pas nous voir. Ils sont face à un miroir et ne distinguent que leur reflet. Reconnais-tu quelqu'un ?

– Oui, le grand…

– Lequel ?

– Au milieu… Et puis non. Il n'a pas la même tête. Je ne l'ai jamais vu.

– Tu es sûr ?

– Oui.

– Continuons, alors.

On baissa le volet et la lumière se ralluma. Francesco et le juge chuchotaient entre eux. L'avocat s'approcha à son tour et fit un commentaire. Santino était trop agité pour tenter de comprendre ce qu'ils se disaient.

On passa au groupe suivant. Encore une fois, Santino monta sur le tabouret. Tout se déroula ensuite de la même manière. La lumière s'éteignit, le volet fut relevé, et trois autres hommes apparurent, immobiles, tournés vers lui.

– Ils savent que nous les voyons ? demanda l'enfant.

– Oui, ils le savent.

– Et ils nous entendent ?

– Non, ça non.

Santino se concentra.

– Je ne les connais pas.

– Tu ne les as jamais vus ?
– Non.

Quand la lumière se ralluma, chacun fit une courte pause. Santino demeura sur le tabouret. Personne ne parlait.

La scène se renouvela une troisième fois.

– Tu reconnais quelqu'un ?
– Lui ! s'exclama soudain Santino. C'est lui !
– Qui ?
– Celui qui était près de la voiture… En tout cas, il est aussi grand que lui, et il fait peur… Mais… non, ce n'est pas… On peut revenir en arrière ?
– Bien sûr. Qui veux-tu revoir ?
– Les trois premiers.

Quelques minutes s'écoulèrent, et le volet se leva de nouveau sur les trois hommes du début.

Santino réfléchit longuement, sans prononcer un mot.

– Prends le temps qu'il te faut, lui dit le juge. Nous ne sommes pas pressés.
– C'est lui !
– Qui, lui ?
– Je me suis trompé, tout à l'heure. C'est celui qui est gros comme un ours, mais sans sa barbe. Avant, il en avait une.
– Tu veux dire que quand tu l'as vu le jour de l'assassinat, il portait une barbe ?
– Oui. Il me tournait le dos, mais plus tard il m'a regardé, et j'ai pu voir qu'il avait une barbe.

Santino descendit du tabouret, et faillit tomber à cause de sa jambe encore raide. Francesco le soutint.

– Tu es sûr de toi, Santino ?

– Oui. C'est juste que j'ai eu du mal à le reconnaître. Mais c'est bien lui.

– L'homme que tu viens de désigner est Tonio Salsarella, que nous avons arrêté après avoir découvert des taches de sang sur sa chemise. — Francesco semblait soulagé. — Grâce à ton témoignage, nous allons pouvoir le garder en prison jusqu'au procès. Parfait. C'est terminé maintenant.

L'avocat garda le silence. Il serrait les lèvres, comme pour se retenir de parler.

– Et *u Taruccatu*, il n'est pas là ? Je ne dois pas reconnaître Pasquale ?

– Je t'ai dit que ce serait impossible, tu te souviens ? Le fils de don Ciccio a disparu, comme son père. Il se cache quelque part, peut-être dans le repaire du parrain, à moins qu'il ne se soit créé sa propre tanière. Quand ils sont recherchés par la police, ces hommes-là se transforment en bêtes sauvages : malins, méfiants, toujours aux aguets. Même si les plus insolents osent parfois se promener dans la rue à la vue de tous. Ils savent que personne ne parlera, que personne n'avouera les avoir rencontrés. C'est comme un jeu pour eux. Ils se moquent de l'État, ils veulent nous faire comprendre qu'ils sont bien plus forts que nous, que les « flics » ne peuvent rien contre eux.

Francesco parlait avec véhémence, aussi indigné que s'il avait été victime d'une offense personnelle. Il allait poursuivre son discours quand Santino lui coupa la parole :

— Il venait toujours chez nous avec une Kawasaki Z 750.

— Malheureusement, je serais surpris qu'il soit assez stupide pour continuer à utiliser la même moto. Il a dû s'en débarrasser depuis longtemps. Mais nous la chercherons, Santino ; et si nous trouvons la personne qui lui a acheté sa moto, nous tiendrons peut-être une piste.

— Et comme ça, tu pourras finir par l'arrêter !

— Je lui donnerai la chasse jusqu'à ce que je l'attrape, promit le magistrat. Je ne lâcherai jamais l'affaire. Jamais. Je ne me reposerai pas tant que je n'aurais pas mis sous les verrous l'homme qui a assassiné ton père et qui a tenté d'*éteindre* un enfant comme toi.

Santino fixa le volet métallique qui dissimulait le miroir sans tain. Il avait encore du mal à réaliser que derrière s'était tenu, un instant plus tôt, l'assassin de son grand-père en chair et en os.

Après avoir quitté le juge et l'avocat, Francesco conduisit Santino et sa mère dans son bureau.

— Qu'allons-nous devenir ? demanda Assunta dès que la porte se fut refermée. — Elle se tordait les mains. — Maintenant qu'il a parlé, ils vont vouloir le tuer, mon fils… La seule chose qui me reste…

— J'ai déjà évoqué plusieurs fois avec vous le Programme de protection des témoins de la justice, madame. Vous avez accepté de vous en remettre à nous, vous avez même signé un document à ce sujet. Vous vous rappelez ?

Elle hocha vaguement la tête.

– Vous ne mettrez plus jamais les pieds à Tonduzzo, ni l'un ni l'autre. Une voiture va venir vous chercher ici et vous accompagner à l'aéroport, où vous embarquerez à bord d'un petit avion du ministère de la Justice. Vous serez conduits dans un lieu tenu secret, dans le Nord du pays. Vous changerez d'identité. On vous remettra de nouveaux papiers avec des noms et prénoms différents.

– Et de quoi vivrons-nous ? s'enquit Assunta, découragée.

– J'allais y venir. L'État vous fournira un appartement et vous versera une allocation mensuelle. Santino bénéficiera aussi du soutien d'une psychologue rattachée au tribunal de votre ville d'adoption : un traumatisme comme le sien doit être pris en charge si on veut éviter qu'il en garde des séquelles. Par ailleurs, un kinésithérapeute assurera la rééducation de sa jambe, aux frais de l'État. Vous pourrez vous adresser aux bureaux du Programme de protection des témoins à chaque fois que vous en aurez besoin. Ils vous conseilleront entre autres sur ce qu'il vous faudra raconter aux voisins ou aux professeurs de Santino ; ils échafauderont également une histoire crédible justifiant votre déménagement.

– Mais les gens comprendront tout de suite que nous sommes siciliens !

– C'est vrai. Impossible de déguiser votre accent. Vous resterez donc siciliens.

– Dans quelle ville irons-nous ? demanda alors Santino, encore troublé par sa confrontation avec l'assassin.

Cette nouvelle de leur transfert sur le continent le prenait par surprise.

– Je ne sais pas où vous irez, et je ne veux pas le savoir, répondit Francesco en souriant. Je ne connaîtrai même pas votre nouveau nom de famille, par sécurité. Seuls les membres du Programme de protection seront au courant.

– Mais je veux pouvoir t'écrire ! protesta Santino. Et comment vas-tu me répondre si tu n'as pas mon adresse ?

Le magistrat se pencha vers lui.

– Cela ne sera pas possible, malheureusement. Le cachet de la poste me permettrait de deviner où tu habites. Il faut que personne ne puisse remonter jusqu'à vous, tu comprends ? C'est vrai que les mafieux recherchés par la police sortent rarement de Sicile : ils préfèrent demeurer là où ils peuvent compter sur leur famille et leurs amis mais…

– Tu vois, je peux t'écrire sans danger ! le coupa Santino, obstiné.

– … mais il vaut mieux prendre des précautions. La Mafia a des hommes partout, pas toujours fichés, et prêts à tuer sur commande. Nous ne pourrons pas correspondre, mais je ne t'oublierai jamais.

– Et ma mère ? lança Assunta, qui venait de mesurer l'énormité de leur changement de vie.

– Elle peut venir avec vous. Bien que nous doutions qu'elle soit en danger ; la Mafia n'a aucun intérêt à s'en prendre à une personne aussi âgée, et sourde, d'après ce qu'on m'a dit. Même par vengeance. La Mafia ne tue que dans un but précis. Mais si votre mère désire vous suivre, elle peut le faire, bien sûr. J'ai déjà pensé à tout ça. — Il jeta un coup d'œil sur l'horloge. — Je l'ai convoquée ici à onze heures et demie ; il est presque onze heures. Elle ne devrait pas tarder à arriver. Votre frère Turi l'accompagnera.

Santino pâlit, mais personne ne s'en rendit compte.

Il y eut une pause. On apporta du café, des croissants, du jus d'orange.

– Nous pouvons choisir nous-mêmes nos nouveaux noms ? demanda bientôt Santino.

– Pas votre nom de famille. Mais votre prénom, oui, si vous voulez. Ce sera ainsi plus facile pour vous de le mémoriser si vous l'aimez.

– Eh bien, moi, je veux être… Lucio ! J'aime beaucoup Lucio.

– Lucio. Très bien. C'est un très beau nom, et simple à retenir. Et vous, madame ?

Assunta hésitait. Santino répondit à sa place :

– Maman sera Bianca.

– Bianca ? Pourquoi donc ? s'étonna sa mère.

– Bianca, comme ma petite chèvre. C'est le nom que je lui avais donné quand je l'ai vue dans la ville fantôme.

– D'accord. Après tout, sans cette chèvre, tu serais resté dans la voiture, toi aussi, et… et… »

Elle ne parvint pas à terminer sa phrase.

– Ça me semble un très bon choix, approuva vivement Francesco, s'efforçant de chasser le nuage de mélancolie qui s'amoncelait au-dessus de leurs têtes. Et, au moins, quand je penserai à vous, je le ferai en sachant comment vous vous appelez.

Santino tenta de retenir ses larmes. Le magistrat s'en aperçut :

– Je te promets que je me battrai comme un lion au procès, mon garçon. Puis, s'adressant à Assunta : C'est difficile pour nous aussi, vous savez. Nous nous attachons aux victimes, avant qu'elles disparaissent...

Incapable de se retenir plus longtemps, Santino se mit à pleurer.

– Toi, je t'appellerai *le Chasseur*... Parce que tu vas donner la chasse à Pasquale... Mais... Je... je ne veux pas te quitter !

Francesco avait les yeux humides, à présent. Ce n'était pas le cas d'Assunta. Sa douleur à elle était trop sombre, trop violente pour qu'elle puisse l'extérioriser.

Cependant, quand Nunzia et Turi arrivèrent, les larmes coulèrent également sur ses joues. Francesco sortit du bureau afin de les laisser entre eux. Santino oublia aussitôt qu'il ne voulait pas voir Turi ; il ne craignait plus que son oncle le traite d'« infâme ». Ne demeurait que le chagrin du départ.

À la surprise générale, Nunzia refusa de quitter sa terre natale, même si, à la perspective de cette séparation déchirante, elle poussait des gémissements semblables à ceux d'un chien abandonné.

– Mais comment vas-tu t'en sortir toute seule, maman ? balbutia Assunta.

– J'aimerais venir, mais je ne peux pas, se lamenta la vieille femme en levant les bras au ciel.

– Et je suis toujours là, moi ! ajouta Turi.

– Je cultiverai le potager, je m'occuperai des poules des voisins… — Entre ses gémissements et sa bouche édentée, il était difficile de comprendre ce qu'elle disait ; il fallait en deviner une bonne partie. — Si je partais, je mourrais. Je suis trop âgée pour être déracinée. Je veux être enterrée auprès de mon mari. Allez-y, vous ; vous êtes jeunes, et vous avez une bonne raison de le faire. Mais revenez me rendre visite de temps en temps.

– Ce ne sera pas possible, mamy, intervint Santino, avec une pointe d'autorité dans la voix.

– Écoutez-moi ce gosse ! s'exclama Turi sans s'adresser à personne en particulier.

– Que dit-il ?

– On ne pourra pas revenir ! insista Santino.

– Tu veux dire que tu ne pourras même pas assister à mon enterrement, Assunta ? bredouilla la vieille femme, qui laissa retomber les bras qu'elle avait gardés levés jusque-là dans un geste théâtral. Qui jettera de la terre sur ma tombe si tu n'es pas là ? Comment pourrai-je mourir tranquille si je sais que tu ne viendras pas ?

Assunta finit donc par lui promettre solennellement que, quoi qu'il arrive, elle rentrerait à temps pour un dernier adieu.

Seconde partie

22

Ça y est, Ilaria et moi sommes partis.

Nous avons quitté le port il y a trois heures, en embarquant sur les talons d'un couple d'âge moyen. Ils ne se sont rendu compte de rien, mais vu de l'extérieur, on pouvait croire que nous étions leurs enfants. Le ferry était bondé ; quand j'ai montré nos billets, personne ne nous a posé de questions.

Une fois installés dans les fauteuils que nous avions réservés, Ilaria m'a chuchoté à l'oreille :

– Nous allons en Russie ?

– Oui, c'est ça, ai-je répondu de guerre lasse.

J'en avais assez de cette histoire d'espions russes, mais ce n'était pas le meilleur moment pour lui raconter la vérité.

– Comment c'est, là-bas ?

– Très beau. Ça te plaira sûrement.

Rassurée, ma sœur s'est endormie d'un coup.

Quant à moi, ça fait une heure que je me tourne et me retourne sur mon siège.

Je pense à Pasquale Loscataglia. Pendant cinq ans, j'ai attendu qu'on le capture, en vain. Si cela avait été le cas, je l'aurais appris aux informations, puisque c'est le fils d'un parrain important. Ce doit être lui, le « vieux » que j'ai eu au téléphone. Personne n'avait le numéro de ma mère : ni Turi, ni Nunzia, personne.

Pasquale a dû utiliser mamy comme appât. Il a probablement été informé du serment que lui a fait ma mère. Par qui ? Je crois le deviner. Turi était présent lors de cette promesse. Turi, qui ne voulait pas que je dénonce les coupables de l'assassinat.

Afin que je ne le reconnaisse pas, Pasquale a déguisé sa voix. Trop rauque, trop enrouée pour être vraie. C'est facile ; même moi, je saurais imiter la voix d'un vieillard.

La manière dont il m'a retrouvé m'apparaît désormais de plus en plus évidente. Il a dû tomber par hasard sur la photo de moi qui a été publiée dans le *Corriere di Livorno* quand j'ai gagné la régate.

Sous la photo apparaissait mon nom actuel : Lucio Ventura. Un nom inconnu, mais il sait certainement que les témoins sous protection endossent une nouvelle identité. S'il a remarqué la moindre ressemblance – j'ai beaucoup changé en cinq ans, mais peut-être moins que je ne le crois – il a dû penser que cela valait la peine de vérifier. Le journal indiquait que j'habitais à Livourne, et il lui a donc suffi de demander mon adresse au club de voile. À partir de là, étant donné les moyens dont il dispose, trouver le numéro de téléphone de ma mère n'était qu'un jeu d'enfant. Il s'est ensuite servi de mamy pour nous attirer dans son piège.

Je m'agite sur mon siège, furieux de m'être laissé photographier. De nos jours, avec Internet, les clichés circulent indéfiniment. J'aurais dû y songer.

Il fait une chaleur terrible, ici. Si je continue à m'agiter comme ça, je vais finir par réveiller Ilaria. Je décide donc de monter sur le pont. Mais il me faut faire vite : si ma sœur découvre qu'elle est seule, elle va se mettre à pleurer et attirer l'attention des autres passagers. Je vais juste respirer un peu d'air et je reviens.

De rares lumières éclairent le pont. Le bateau navigue sur une mer noire comme du jais. Accoudé au bastingage, je lève les yeux.

Que d'étoiles ! J'ai l'impression qu'elles fondent sur moi, puis qu'elles remontent en me tirant derrière elles. L'espace d'un instant, j'oublie tout, comme lorsque l'Optimist plonge dans le creux de la vague.

Je prends une profonde inspiration. Une autre. L'air est saturé de sel, de vent, d'étoiles. J'aimerais tellement que tout cela devienne mon quotidien quand je serai grand. Si je deviens grand.

Une dernière bouffée d'air frais et je redescends.

Ilaria n'a pas bougé : elle dort toujours dans la même position, la bouche entrouverte. Elle a l'air si désarmée… Une petite créature au cœur de l'univers, ignorant son propre destin.

Je m'assieds à côté d'elle sans un bruit. Les étoiles et

l'oxygène m'ont ôté toute envie de dormir. Mais je ne veux pas penser à ce qui nous attend à Palerme.

Je préfère me laisser aller à mes souvenirs.

Revenir à qui j'étais avant de devenir Lucio.

J'étais à l'époque un enfant qui aimait courir. Le meilleur. Papa était très fier de moi. Quel homme étrange, mon père. Timide, ombrageux. Il pouvait passer des heures à observer un cortège de fourmis. Dans ces moments-là, je venais souvent m'accroupir à ses côtés, et quand il en repérait une qui portait une grosse miette de pain ou un énorme morceau de feuille, il s'exclamait : « Tu as vu ? Elles sont si petites, et elles portent au moins deux fois leur poids. Non, au moins trois fois, ou même vingt fois. Qu'est-ce qui les rend si fortes ? » Il n'en revenait pas.

Un jour, en voiture, il m'avait confié que ses amis le surnommaient, pour rire, *u Scienzatu*, le scientifique, parce qu'il restait parfois une éternité à contempler la nature. Un nuage. Un arbre. Une volée d'oiseaux. Selon lui, cette curiosité lui venait de l'époque où il gardait les chèvres, enfant.

Je le revois, maigre, court sur patte ; un homme plein d'imagination dans un corps modeste. Malgré notre pauvreté, il égayait notre vie. Il faisait des choses interdites aussi, comme voler. Le jour de mes cinq ans, il avait ainsi dérobé une statuette en argent dans une villa de Mondello. Je ne l'avais compris que petit à petit, bien des années plus tard : ce jour-là, j'avais entrevu cette statuette chez nous, sous un vêtement, après quoi, *pouf* !

elle avait disparu. Papa m'avait convaincu que j'avais rêvé.

Mon père me manque. Ses devinettes aussi, celles dont maman ne trouvait jamais la solution. Il finissait toujours par la lui dire, et elle éclatait de rire. Quand elle riait, ma mère devenait très belle.

Il y en avait une en particulier sur laquelle je m'étais longtemps creusé la tête. Je peux encore la réciter en sicilien : *Cu lu fa lu vinni, cu l'accatta'un l'usa, cu lu usa'un lu vidi.* Celui qui le fabrique le vend, celui qui l'achète ne l'utilise pas, celui qui l'utilise ne le voit pas.

C'était le *tabbutu*, le cercueil.

Pauvre papa. Lui aussi en a utilisé un sans le voir.

Si je continue à penser à lui, cela va me déprimer. Je ne veux pas non plus penser à la ville fantôme, ni aux journées passées à l'hôpital. Je sais : je vais essayer de me concentrer sur mon premier voyage aérien – le seul que j'ai fait, si on exclut celui en hélicoptère où j'étais inconscient.

Je me revois avec ma mère devant le petit avion tout blanc. Sur le fuseau argenté est écrit RÉPUBLIQUE ITALIENNE. Quelqu'un, dont j'ai oublié les traits, nous fait entrer et nous aide à nous installer. L'avion roule sur la piste, prend son élan, décolle. Il monte, monte et part en direction du continent. Sous nos pieds, les collines vertes, la mer bleue. J'ai un peu mal au cœur.

– Nous survolons le détroit de Messine, m'explique ma mère. Tu vois, j'ai tenu ma promesse, nous faisons une promenade dans les airs, tous les deux !

– C'est vrai !

J'étais si excité que j'avais du mal à tenir en place. Malgré la nausée, je me sentais heureux.

L'avion laissa rapidement la Sicile derrière lui. Par le hublot, j'aperçus la fumée du volcan de Stromboli. Puis nous survolâmes la mer et, au bout d'un moment, maman me montra une autre île. L'homme du Programme de protection qui nous accompagnait nous affirma qu'il s'agissait de l'île d'Elbe. Plus tard, il nous avertit que nous nous apprêtions à atterrir à Livourne.

Une voiture vint nous prendre à l'aéroport et nous conduisit dans ce qui allait devenir notre foyer.

L'appartement n'était pas très grand, mais il était à nous.

À notre arrivée sur place, il y avait tant à faire et tant à découvrir que je n'avais pas le temps d'être triste. J'avais beaucoup de responsabilités. Deux semaines après notre emménagement, ma mère se rendit compte qu'elle était enceinte. Elle me l'annonça dans un murmure, presque honteuse. Elle l'ignorait avant de quitter Palerme : elle pensait que le chagrin avait retardé ses règles.

– C'est quoi, les règles ?

Elle me fixa alors comme si elle découvrait qui se trouvait réellement en face d'elle, puis répondit juste :

– Oh, des affaires de femmes.

Ce qui ne m'apprit rien.

Je me rappelle avoir raconté à la psychologue, que je voyais deux fois par semaine, que ma mère n'était pas contente d'attendre un enfant. Madame Ventura connaissait notre histoire ; elle me disait que je pouvais tout lui dire, qu'elle travaillait pour le Programme de protection, et qu'elle était là pour m'aider à surmonter mon traumatisme.

J'ai le vague souvenir de lui avoir avoué que je me sentais coupable de ce qui était arrivé dans la ville fantôme. Je n'aurais pas dû descendre de la voiture ; j'aurais dû rester avec papa et papy. Si j'avais été avec eux, les mafieux n'auraient pas tiré.

La psy avait secoué la tête, puis elle m'avait affirmé que l'époque où la Mafia ne tuait ni femme ni enfant était révolue ; Pasquale aurait simplement pu me mettre en joue plus tranquillement et je serais mort, moi aussi.

– C'est ce que je veux ! Mourir ! avais-je crié.

Nous racontâmes aux voisins et aux enseignants que mon père était parti travailler au Venezuela et que nous avions emménagé ici parce qu'une cousine de ma mère lui avait laissé son appartement. Ce furent les gens du Programme de protection qui nous suggérèrent cette histoire.

Les mois passèrent. Au début, je ne parlais à personne à l'école, puis je me fis quelques copains. Le ventre de ma mère s'arrondissait ; un énorme ballon au milieu de son corps trop maigre. Un jour, deux mois avant le terme, elle se sentit mal. Elle me dit qu'elle avait perdu les eaux et me demanda de téléphoner aux membres du Programme de protection pour les avertir. On vint la chercher en taxi et on la conduisit à l'hôpital ; deux heures plus tard, Ilaria était née. Quant à moi, une jeune et jolie dame envoyée par le tribunal vint me garder à la maison. J'aimais bien cette dame, et elle m'aimait bien. Elle m'expliqua même cette histoire d'eaux perdues. Ma mère prétend que j'ai un don pour me lier d'amitié avec les jolies femmes.

On m'emmena voir ma petite sœur en couveuse à l'hôpital, et je découvris un monstre miniature, rouge et ridé. Elle n'était pas humaine. Ils avaient bien raison de l'enfermer dans une cage de verre.

Au bout de trois semaines, ma mère et Ilaria rentrèrent à la maison, et la dame du tribunal nous quitta. Je devins brusquement le chef de famille : c'était à moi d'aller faire les courses et d'aider maman. Elle me surnommait « mon petit homme » et ne quittait pas l'appartement pour pouvoir allaiter ma sœur et changer ses couches. Cela lui prenait des heures. Elle n'avait plus de temps pour quoi que ce soit d'autre. Plus tard, elle recommença à sortir avec une poussette. J'aurais sans doute pu en profiter pour redevenir enfant, mais je choisis de rester grand, parce que j'aimais ça.

Ma mère trouva du travail à domicile : nous n'étions pas riches, et l'allocation versée par l'État n'augmentait pas. Elle brodait des draps, des housses, des chemises de nuit pour une entreprise spécialisée dans le linge de luxe.

Quand j'eus huit ans, elle m'autorisa à m'inscrire au club de voile pour apprendre à faire de l'Optimist. Je n'avais jamais oublié cet autre Lucio rencontré à

Mondello ; en empruntant son nom, j'avais l'impression d'avoir également absorbé son identité, et par la même occasion son talent et sa passion pour la navigation.

Je ne me rappelle plus exactement à quel moment ma mère, toujours si maigre, commença à trop manger. À dévorer. De plus en plus. La nuit, je l'entendais se lever pour fouiller dans le frigidaire. Elle se mit ainsi à grossir. Au début, je n'y pris pas garde, mais ses jambes enflèrent, et elle prit peu à peu l'habitude de ne plus bouger de l'appartement, pour finir par s'y cloîtrer. Elle me confiait Ilaria. C'était désormais moi qui gérais tout.

Jusqu'à hier. Comment a-t-elle fait, hier, pour sortir avec ses jambes énormes ?

Le seul fait de l'imaginer tirée hors de l'immeuble par les aisselles me rend malade. Je me tourne vers le hublot incrusté de dépôts de sel.

L'aube pointe sur la mer pâle et plate. Palerme est encore loin.

Dix-neuf heures de traversée. Nous sommes partis à minuit, et arriverons donc à sept heures du soir. Je m'installe le plus confortablement possible pour essayer de dormir. Mais le sommeil ne vient pas. Impossible d'ordonner à mon cerveau d'arrêter de fonctionner. Les pensées sont comme des animaux sauvages : incontrôlables.

À Palerme, il nous faudra nous rendre au palais de justice. Francesco y sera-t-il encore ? Je me souviens qu'il avait pour habitude de rester tard à son bureau, mais est-ce toujours le cas ? Et s'il avait été transféré ailleurs ? Cela ne serait pas surprenant, après cinq ans. Et s'il était... mort ? Non, je l'aurais appris à la télévision.

Peut-être aurais-je dû téléphoner ? Non. Francesco a beau être mon ami, c'est un magistrat : il aurait aussitôt ordonné aux policiers de Livourne de nous retenir. Il vaut mieux lui faire la surprise.

Il me dira :

– Santino ? Que fais-tu là ?

Et je répondrai :

– Non, pas Santino. Lucio, tu te rappelles ?

23

Peu avant le coucher de soleil, le ferry accoste dans le port de Palerme. Ilaria et moi patientons longuement au milieu des passagers en train de rassembler leurs valises, paquets et sacs à dos. Nous sommes les seuls à ne pas avoir de bagages. Ilaria chancelle. Elle n'a rien avalé pendant le voyage, sauf une tasse de café au lait, et j'ai dû la conduire deux fois aux toilettes pour qu'elle vomisse. Son visage est aussi fripé que sa robe rose.

Debout dans l'escalier qui mène à la sortie, nous devons attendre que les camions et les voitures aient tous franchi la gueule béante du bateau. Puis vient enfin le tour des piétons, et la queue où nous nous tenons commence à avancer. Les jambes engourdies, nous traversons d'un pas mal assuré le ventre du ferry où étaient garés les véhicules. Une forte odeur d'essence flotte dans l'air.

Une fois dehors, Ilaria lance des regards inquiets autour d'elle.

– Où sont les méchants soldats ?

– Les espions ? Pas dans les rues, ne t'inquiète pas. Tu verras, la population russe est très gentille !

Il est huit heures du soir, mais il fait encore jour, et la température est plus élevée qu'à Livourne. Partout, des grues pointent au-dessus des toits. La ville est entourée de montagnes. J'avais oublié à quel point Palerme était belle.

Au fond de moi, pourtant, je me ronge les sangs. Si nous ne trouvons pas Francesco, s'il a été envoyé dans une autre ville, je n'ai pas de plan B. Tout mon espoir réside dans mon portable, que j'ai éteint pendant la traversée afin d'économiser sa batterie. Depuis cinq ans y est enregistré le numéro de téléphone du bureau de Francesco au palais de justice. Il me l'avait donné avant mon départ pour que je puisse le joindre au cas où me reviendrait en mémoire un détail pouvant l'aider à retrouver le fugitif. Je ne devais l'appeler que dans ce cas. Mais je ne me rappelle plus rien au sujet de Pasquale *u Taruccatu*, en dehors du fait qu'il a tué mon père et m'a tiré dessus. Je n'ai donc jamais utilisé ce numéro. Pendant toutes ces années, je me suis contenté d'écrire au Chasseur des lettres que je lui envoyais à ma manière. Je ne suis pas idiot, je sais que j'ai fait ça pour moi, comme si la mer immense à qui j'ai confié ces missives tenait le rôle de messager de mes rêves et de ma réalité.

Mais aujourd'hui, je vais revoir Francesco en chair et en os.

J'espère que le Chasseur n'a pas changé de numéro.

J'aimerais mieux aller au tribunal à pied pour économiser l'argent qu'il me reste, mais il est tard, et je redoute que Francesco ne soit sur le point de rentrer chez lui. Je ne connais pas son adresse personnelle. En plus, Ilaria tient à peine debout. Je passe donc à l'office du tourisme pour y prendre un plan de Palerme.

Une file de taxis attendent devant le port. Nous montons dans le premier.

— Au palais de justice ! j'ordonne avec assurance, comme si j'y allais tous les jours.

Le chauffeur se retourne et nous dévisage avec curiosité. L'homme s'adresse à nous en dialecte sicilien :

— Pourquoi voulez-vous aller là-bas ? Et aujourd'hui, en plus ?

— Il parle russe ? dit Ilaria.

— Bien sûr. Et répondant à l'homme : Dépêchez-vous, s'il vous plaît. Notre père, qui est juge, nous attend.

Un peu d'exagération ne peut pas faire de mal. Un Sicilien est toujours impressionné en présence d'un homme de loi ou d'un membre de sa famille. Et en effet, le chauffeur démarre sans dire un mot de plus.

Il y a énormément de circulation. J'ai fait une erreur en optant pour le taxi : nous serions allés plus vite à pied.

— On ne peut pas rouler plus rapidement ? je demande, sur un ton impatient que j'imagine être celui du fils d'un juge.

— La fête de Sainte-Rosalie commence ce soir, proteste le chauffeur. Vous n'êtes pas au courant ? C'est déjà un miracle si nous réussissons à avancer !

– Tiens, il parle aussi italien, fait remarquer Ilaria.

La fête de Sainte-Rosalie, la patronne de Palerme ! Ça m'était complètement sorti de la tête. Demain, c'est le 15 juillet, jour férié, et les festivités débutent dès ce soir. Et si le tribunal était fermé pour l'occasion ?

Il y a des embouteillages un peu partout, ce qui semble amuser le chauffeur. Celui-ci nous observe dans le rétroviseur et hausse les épaules en ricanant, comme pour dire que ce n'est pas sa faute.

J'ai envie de l'étrangler.

Nous voici à la porte Maqueda. Je la reconnais : j'y suis venu avec papa, une fois. Je peux ainsi suivre du doigt notre itinéraire sur la carte. Nous dépassons bientôt le théâtre Massina, longeons une rue très commerçante. Nous approchons.

Voici enfin le grand bâtiment du tribunal. Je descends et j'aide Ilaria à sortir du taxi : on dirait qu'elle est ivre. Il fait terriblement chaud. Peut-être quarante-deux degrés, voire plus. Le chauffeur me réclame plus que la somme due, mais je ne bronche pas, je paie la course.

Tandis que la voiture s'éloigne, nous contournons le palais de justice, en direction du portail que j'ai franchi il y a cinq ans entre maman et Francesco. Je n'ai rien oublié. Je sais parfaitement comment rejoindre le bureau du juge préposé aux enquêtes préliminaires. En face se trouve la pièce aménagée pour les séances d'identification. Le bureau de Francesco est au bout d'un couloir interminable.

Devant le palais, j'ai comme un coup au cœur en

reconnaissant le monument aux ailes de bronze qui représente la victoire. Pendant toutes ces années, celui-ci est resté là, exactement à la même place. De manière irrationnelle, je reprends confiance : puisque rien n'a changé, nul doute que je vais retrouver Francesco dans son bureau.

Sans m'en rendre compte, je serre alors la main d'Ilaria qui observe un groupe de gamins en train de jouer au ballon sur la place.

– Nous sommes arrivés ? demande-t-elle d'une voix fatiguée.

– Oui. Nous y sommes.

Cette fois pourtant, le choc est on ne peut plus brutal.

Le grand portail surmonté de l'inscription JUSTICE est fermé. Fermé pour nous. Fermé pour tout le monde.

Je baisse la tête, terrassé. Deux policiers s'approchent.

– Vous cherchez quelque chose, les enfants ? me demande gentiment l'un d'eux.

Ilaria le dévisage avec crainte.

– Non, merci, dis-je avec empressement. J'en avais juste assez de jouer avec eux. — Je désigne d'un geste les enfants qui s'amusent. — Mais j'y retourne.

Les policiers nous suivent des yeux. Nous demeurons un peu en retrait, concentrés sur le ballon, comme si la partie nous intéressait. L'angoisse me tord les boyaux. Ils finissent cependant par s'en aller.

– C'étaient des espions ? me chuchote ma sœur.

– Mais non. — Je l'entraîne à l'écart du tribunal et

sors mon portable. — Ne t'en fais pas, je vais appeler le Chasseur.

– Il n'est pas russe, lui ?

– Non, il est italien comme nous.

– J'aime bien les palmiers, déclare-t-elle à brûle-pourpoint. Ils sont tellement beaux.

Allons bon. Si elle se met à raconter qu'elle a vu des palmiers en Russie... Quand vais-je enfin pouvoir lui avouer que toute cette histoire n'est qu'une blague ?

J'allume mon téléphone, cherche le numéro qui se trouve, dans le répertoire, au nom de Chasseur, et appuie sur le bouton d'appel.

Quatre sonneries, puis sa voix. Un répondeur. Francesco dit qu'il sera joignable le lendemain à partir de huit heures.

Je ravale les larmes qui me piquent les yeux. Je ne veux pas effrayer Ilaria. J'éteins donc mon téléphone et le range d'un air faussement indifférent.

– Bon, bon, bon. Il n'est pas là pour le moment. Allons dans un café avec une cabine téléphonique.

– Ton portable ne marche pas ?

– Si, mais j'ai besoin d'un annuaire.

Elle ne pose pas plus de question. Elle, d'habitude si bavarde et si curieuse, est devenue aussi muette qu'une religieuse cloîtrée.

– Nous en profiterons pour manger un *cannolo*[1], dis-je pour lui remonter le moral. Tu en as déjà goûté ?

---

1. Rouleau de pâte feuilletée fourré à la crème ou au chocolat.

Elle secoue la tête.

– Ceux qu'ils font ici sont un pur dé-li-ce ! — Ilaria raffole de ce mot. — Les meilleurs du monde !

Tout en parlant, j'essaie de me remémorer le nom de famille de Francesco. Caruso, je crois. Ou Carusi ? Ou Tarusi ? Ou Taruso ?

Je vais devoir éplucher l'annuaire.

Avant de pénétrer dans le café, je recompte mes billets. Quand je pense à ce que j'ai dépensé en prenant ce maudit taxi, je me giflerais.

À l'intérieur, il y a effectivement une cabine publique où sont accrochés les annuaires de Palerme, au bout d'une chaîne. Parfait.

Je commence par Caruso. Quelques prénoms en *F*, mais pas de Francesco. Pourtant, j'étais presque sûr que c'était bien son nom, comme le ténor. Je regarde aussi à Carusi. Puis à Taruso. À Tarusi. Pas de Francesco. J'essaie encore Baruso, Varuso, Maruso.

Il existe un Francesco Danuso. Je note son numéro. Malgré mes doutes, je le compose sur le cadran téléphonique, afin d'économiser la batterie de mon portable. Pas de réponse. Je laisse sonner longtemps dans le vide, les yeux fixés sur le mur. Sans succès.

Ce n'est peut-être pas lui.

Je n'ai aucune idée de l'endroit où il habite. Il ne me l'a jamais dit.

Une petite main me tire soudain par le short. Ilaria.

– Lucio, je peux manger un autre *cannolo* ?

– Prends le mien.

Rien à faire. Je ne vais pas parvenir à le contacter aujourd'hui.

Nous allons devoir attendre huit heures, demain matin. Avec dix euros en poche en tout et pour tout.

De retour à ma table, plongé dans mes pensées, je bois lentement mon jus d'orange. Ilaria, elle, s'empiffre. Elle n'a rien mangé sur le ferry, il faut dire.

Il va falloir nous trouver un endroit sûr. Impossible de passer la nuit dans ce café.

– Sortons, dis-je.

Il faut que je réfléchisse. Dans la rue, je marche en tirant ma sœur par la main, l'air de savoir où je vais. Et en effet, je le sais : nulle part. J'ai envie de m'allonger par terre et de m'endormir. Ilaria me demande de la prendre dans les bras, et je me mets à rire. Un rire amer. Glaçant. Effrayée, ma sœur éclate en sanglots.

Ce n'est pas comme ça que je vais arranger les choses.

Je m'accroupis devant elle :

– Ilaria, tu n'as pas envie de voir la mer, dis ? Je connais une plage magnifique où on pourrait s'allonger tous les deux confortablement.

– Mais il est où, ce Chasseur qui va nous aider à retrouver maman ? parvient-elle à demander au milieu de ses larmes.

– Nous le verrons demain.

– *Demain ?*

– Bon, écoute, je vais faire une dernière tentative, d'accord ?

Je rallume mon téléphone en soupirant.

Je suis toujours accroupi devant ma sœur, lorsque mon portable se met à sonner dans ma main. De surprise, je le laisse tomber. Je n'ose pas le toucher. Et s'il s'agissait du vieux d'hier ? J'ai peur. Mais... et si c'était maman ?

Je prends une profonde inspiration avant de répondre.

– Allô ? dis-je d'un ton très grave, comme pour déguiser ma voix.

– Allô, qui est à l'appareil ? Vous m'avez appelé il y a quelques minutes.

C'est la voix du Chasseur. Je la reconnais sans une seconde d'hésitation.

– Francesco... c'est moi !

– Lucio ? — Un instant de silence. — Lucio ? C'est toi ? Tu es avec Ilaria ?

– Oui.

Je suis stupéfait. Comment peut-il être au courant de l'existence d'Ilaria alors qu'elle n'était pas encore née à l'époque où je séjournais à l'hôpital ?

– Où êtes-vous ?

– À Palerme.

– Mais où ?

– Heu... — Je regarde autour de moi et découvre une plaque avec le nom de la rue où nous nous trouvons. — Rue Amari.

– À quel endroit exactement ?

La peur me reprend. Et si ce n'était pas Francesco au bout du fil ? Comment diable a-t-il fait pour me reconnaître immédiatement ? Ma voix a changé, en cinq ans ! Si c'était un piège ? Quelqu'un qui imite la voix de Francesco... Pourquoi n'est-il pas plus étonné de me savoir à Palerme ? Quand a-t-il appris que j'avais une sœur ?

Trop de bizarreries.

Le téléphone toujours collé à l'oreille, je me tourne vers Ilaria, comme si celle-ci pouvait me fournir des réponses. Je suis sur le point de raccrocher, quand la voix reprend :

– Lucio, ta mère vous cherche. Tous les policiers du pays vous cherchent. Dis-moi immédiatement où vous êtes, et je viendrai vous prendre en voiture.

– Comment sais-tu que ma mère nous cherche ?

– Quand elle s'est aperçue que vous aviez disparu, elle s'est adressée au Programme de protection, qui nous a aussitôt avertis.

– Mais elle a été enlevée par la Mafia !

– Enlevée ? Qu'est-ce que tu racontes ? Ta mère est à la maison et elle se fait un sang d'encre.

Elle n'a pas été kidnappée ? Je ne le crois pas. Et soudain je sais comment être certain de parler avec le véritable Francesco.

– Quel surnom t'ai-je donné, le jour où nous nous sommes vus pour la dernière fois ?

Personne d'autre que lui ne peut répondre à cette question. Je n'en ai parlé qu'à Ilaria. Et à Monica.

– Lucio, ce n'est pas le moment de plaisanter...

Cette fois, je crie :

– Réponds-moi !

– Le Chasseur. Oui, c'est ça, le Chasseur. Ne perdons pas de temps ! Je suis bien Francesco, et tu as essayé de me contacter au bureau. Lucio, tu as besoin d'aide. Votre mère est complètement affolée.

– Nous sommes à l'angle de la rue Roma.

– Restez là. Ne bougez pas. Ne parlez à personne. J'arrive.

La communication est coupée. Je baisse lentement mon portable, l'oreille brûlante.

– Pourquoi tu pleures, Lucio ?

Je ne m'étais pas rendu compte que je pleurais.

– Parce que tout va bien. Il paraît que maman n'a pas été enlevée par les Russes.

– Elle est où ?

– À la maison.

– Chez nous ?

– Oui.

– Mais je voulais qu'elle soit ici !

– Ilaria, maman est saine et sauve ! Les Russes ne lui ont rien fait. Tu devrais être contente. Allez, souris !

– Alors pourquoi tu pleures, toi ?

Je secoue la tête, agacé. Ma sœur a d'énormes cernes qui la font ressembler à un panda conscient d'être en voie de disparition, mais ses yeux sont secs.

– Tais-toi un peu, abrutie. On attend, maintenant. Compris ? Silence !

24

Pendant que nous attendons sur le trottoir, indifférents aux mouvements des passants, j'éprouve une sensation étrange. Je suis soulagé que tout soit terminé – un soulagement si grand que je flotte dedans –, et en même temps quelque chose me turlupine, quelque chose que je n'arrive pas à définir. Comme un grain de poussière dans l'œil. Mais quoi ?

– Maman va venir nous chercher ? demande Ilaria.

Elle a beau avoir l'air de ne pas avoir dormi dans un lit depuis une semaine, ses yeux brillent de vivacité. Où trouve-t-elle toute cette énergie ?

– Non, je te l'ai déjà dit : maman est à la maison. À Livourne.

– Pourquoi on reste là, alors ?

– Chut ! Laisse-moi réfléchir.

Mon cerveau a dû enregistrer un truc, aujourd'hui. Un truc qui a déclenché un petit *clic* silencieux en moi. Mais l'angoisse m'oppressait tant que je l'ai relégué dans un coin obscur de ma mémoire. Quand est-ce arrivé ? Après le voyage en ferry, je crois. Pendant que nous vagabondions en taxi et à pied à travers Palerme. Où était-ce ? Au palais de justice ? Au port ? Quelqu'un m'a-t-il donné une information que je n'ai pas immédiatement assimilée ? Le chauffeur de taxi, peut-être ? Je reconstruis mentalement l'échange que j'ai eu avec lui, sans résultat.

– On va attendre ici encore combien de temps ? Je suis fatiguée !

– Pas très longtemps. Tais-toi !

Dès que j'essaie de le saisir, ce truc se dérobe comme le sable entre les doigts. C'est comme avoir un mot sur le bout de la langue : plus on y pense, et moins ça revient.

– J'en ai marre ! grogne Ilaria.

– Et moi, j'en ai marre de toi ! Arrête !

Ma sœur se met à bouder, mais je suis trop occupé à me creuser la cervelle pour m'en soucier.

– Lucio, je peux m'asseoir, s'il te plaît ?

– Tu n'as pas peur de salir ta nouvelle robe ?

– Elle est déjà sale.

– Bon, d'accord. Assieds-toi par terre, dans ce cas. Les gens vont te prendre pour une mendiante, et avec un peu de chance, on gagnera assez d'argent pour s'acheter un autre *cannolo*.

Ilaria soupire et demeure debout, indécise.

De mon côté, c'est une vraie démangeaison mentale. Je voudrais pouvoir me gratter. Ai-je vu quelqu'un que je connaissais ? Je ne me rappelle aucun visage en particulier. Et pourtant, je sens qu'il s'agit de quelque chose d'important.

Je suis toujours concentré sur ce souvenir fuyant quand une voiture s'arrête devant nous. J'identifie tout de suite Francesco, assis à l'arrière. Il ouvre la portière avec un regard noir qui me stoppe net dans mon élan : je m'apprêtais à lui sauter au cou.

– Montez.

Nous nous exécutons et prenons place à ses côtés. Le garde du corps et le chauffeur sont à l'avant. Francesco se penche et chuchote quelque chose à ce dernier.

La voiture redémarre.

– C'est toi, le Chasseur ? demande brusquement Ilaria. Tu n'as pas l'air russe.

– Russe ? répète-t-il, interloqué.

– Je sais tout, dit Ilaria.

– Ah bon ? fait Francesco d'une voix qui s'est radoucie. C'est-à-dire ?

– Je sais que notre papa est un savant célèbre et que les Russes ont volé sa formule et qu'ils ont enlevé maman mais qu'elle s'est enfuie et qu'elle nous attend à la maison parce que c'est Lucio qui a la formule, en fait.

Francesco me dévisage, déconcerté. Je hausse les épaules.

– Ma sœur est une vraie pipelette.

Le reste du trajet se déroule en silence. La voiture ne se dirige pas vers le tribunal, comme je le croyais, mais finit par s'arrêter dans une rue que je ne connais pas.

– Je ne peux pas vous emmener à mon bureau à cette heure-ci, explique Francesco. Descendez.

– Où sommes-nous ?

– Pour l'instant, chez moi. Je dois téléphoner. Ensuite, j'essaierai de vous renvoyer auprès de votre mère.

L'immeuble n'a pas d'ascenseur.

Nous montons jusqu'au deuxième étage et entrons dans un appartement. Francesco ouvre une porte, et nous voici dans un bureau-bibliothèque.

– Asseyez-vous ici pendant que je passe mon coup de fil.

Nous lui obéissons sans dire un mot. Intimidée, Ilaria regarde autour d'elle en bougeant à peine la tête.

Francesco explique à son correspondant qu'il nous a retrouvés, qu'il n'a pas appelé depuis la voiture parce que le garde du corps a été embauché récemment. Il enchaîne des « oui » et des « non » irrités, et enfin :

– Très bien, je les garde avec moi et j'attends votre appel.

Il raccroche. Nous fixe comme si nous lui posions un sérieux problème.

– Qu'est-ce qui va se passer, maintenant ? je demande, découragé.

Je m'étais imaginé tout autrement mes retrouvailles avec le Chasseur.

– À cause de la fête de Sainte-Rosalie, ça risque d'être très difficile de vous renvoyer chez vous, ce soir. Il n'y a plus aucun ferry jusqu'à vendredi, et les avions du ministère sont déjà tous pris. On essaie de trouver une voiture, mais vu les circonstances, la police utilise déjà tous les véhicules dont elle dispose. Il va falloir patienter ici. Mais pour le moment, téléphonons à votre mère pour la rassurer.

– Comment ? J'ai pris son portable, et nous n'avons pas le téléphone, à la maison.

Francesco soupire.

– Je ne comptais pas appeler chez vous : je ne sais même pas dans quelle ville vous habitez. Je vais contacter les membres du bureau central du Programme de protection, qui contacteront à leur tour leurs collègues là où vous vivez. Ces derniers iront prévenir votre mère ; il est même probable qu'ils aient laissé quelqu'un avec elle.

Deux coups de fil plus tard, il me tend le combiné avec un léger sourire.

– Ta mère.

Après avoir dit « Maman ! », je ne perçois rien d'autre que des sanglots ininterrompus.

– Tout va bien, dis-je, mais celle-ci continue à pleurer.

– NOUS ALLONS BIEN ! je crie.

À l'autre bout de la ligne, un déluge de larmes.

– Ne nommez pas votre ville devant moi, me rappelle Francesco.

Je fais signe que j'ai compris, et tends le téléphone à Ilaria. Elle obtiendra peut-être de meilleurs résultats que moi. Ma sœur prend l'appareil avec circonspection. Elle n'a pas l'habitude. Elle demeure un instant silencieuse.

Francesco sort de la pièce.

Enfin, elle se lance :

– Maman, maman chérie ! Viens nous chercher. Nous sommes en Russie ! Non, il ne fait pas froid. Mais j'ai vomi. Ma robe rose est toute sale. Je ne l'ai pas fait exprès...

Elle me repasse le combiné :

– Maman veut te parler.

J'espère qu'elle s'est un peu calmée. Elle a en effet cessé de pleurer, mais elle est encore bien trop agitée pour m'expliquer quoi que ce soit et ne répond pas à mes questions.

– Il ne fallait pas faire ça, Lucio. Il ne fallait pas. Qu'est-ce qui t'a pris ? Pourquoi es-tu parti à Palerme, pourquoi as-tu emmené ta sœur, comme ça, sans prévenir personne ?

– J'avais peur... Je croyais que tu avais été enlevée, et...

– Moi ? Enlevée ? C'est moi qui ai pensé qu'on avait enlevé mes enfants !

– C'est à cause du texto... Je te raconterai tout quand nous serons rentrés.

Une fois que j'ai raccroché, j'ouvre la porte pour voir où est passé Francesco. Le voilà qui arrive avec une grande bouteille de jus d'orange et deux verres. Il nous verse à boire, s'assied avec un petit sourire mal dissimulé. Ses yeux brillent.

– Je peux aller aux toilettes ? demande Ilaria.

Francesco l'y accompagne, puis revient :

– Elle se débrouille toute seule ?

Je hoche la tête.

– Alors, raconte-moi un peu comment vous avez pu parvenir jusqu'ici.

– Je voulais que tu m'aides à résoudre…

– Résoudre quoi ? Tu t'es pris pour un détective ?

– Non, mais quand nous sommes retournés à la maison, maman n'était pas là, et j'ai cru… j'ai eu peur que…

Je perçois enfin une lueur de compréhension dans son regard.

J'ai un nœud dans la gorge, mais je lutte de toutes mes forces contre mon envie de pleurer.

Il pose la main sur mon bras.

– Lucio, tu es un garçon courageux. Je peux imaginer ce que tu as ressenti quand tu as trouvé la maison vide. Mais pourquoi ne t'es-tu pas adressé aux membres du Programme de protection ?

Je ravale mes larmes et je crie :

– Parce que tu es le seul en qui j'avais confiance ! Même dans la police, il y a de la corruption. Tu ne me l'avais pas dit ! Tu ne me l'avais pas dit !

Malgré moi, je me suis exprimé sur un ton geignard, puéril.

– Qu'est-ce que je ne t'avais pas dit ?

– Que parmi les juges, il y a aussi des pourris, des juges qui peuvent aller en prison. Comme à Milan. Je l'ai vu à la télévision.

– C'est vrai, Lucio. Mais quand je t'ai rencontré à l'hôpital, tu étais très jeune, tu étais blessé, tu sortais d'un terrible traumatisme. J'ai pensé que tu avais besoin de distinctions claires. D'un côté les gentils, de l'autre les méchants. Sans ça, ta confusion n'aurait fait qu'augmenter.

– Tu aurais dû me le dire quand même.

– Tu étais trop petit, Lucio. Les enfants voient les choses en noir ou en blanc. Mais aujourd'hui, tu es en âge de comprendre. — Une pause. — Oui, il y a aussi des juges et des magistrats corrompus, comme dans tout groupe humain. Quand les gens ne croient pas complètement à ce qu'ils font, ils peuvent céder à la tentation de l'argent ou du pouvoir. C'est vrai. Depuis les éboueurs jusqu'aux plus hauts dignitaires, sans exception. Il n'existe ni classe ni profession qui échappe à cette règle et qui serait uniquement composée de personnes honnêtes – tout comme il n'existe pas de groupe constitué exclusivement de mauvaises personnes.

– Du coup, tu comprends pourquoi je suis ici ?

Francesco soupire.

– Tu aurais quand même dû t'adresser au Programme de protection… mais oui, je comprends. Tu as cédé à un sentiment de panique. Tu t'es senti seul. Oui, je comprends. Peut-être même que… eh bien… je ne sais pas ce que j'aurais fait à ton âge, si j'avais été à ta place.

Je garde le silence. Il me sourit.

– Mais à l'avenir, Lucio, il va falloir que tu apprennes à faire confiance à ceux qui travaillent à te protéger dans ta propre ville. Je suis certain qu'il y a plein de braves gens parmi eux. Puis il ajoute presque gaiement, à mi-voix, comme pour lui-même : Et, personnellement, je suis convaincu que nous faisons partie de la catégorie la plus motivée et la plus honnête, même si tout le monde ne partage pas mon avis.

Le nœud qui me serrait la gorge se relâche. De l'eau salée coule sur mes joues, mes lèvres. Je m'essuie le visage avec dignité du dos de la main, sans honte. Francesco ne me quitte pas des yeux. Sous son regard redevenu amical, je me sens enfin mieux.

Je me racle la gorge pour retrouver ma voix et m'apprête à lui raconter en détail ce qui m'est arrivé. C'est le moment que choisit Ilaria pour refaire son apparition.

– J'ai fait caca, m'annonce-t-elle. C'est la première fois depuis avant mon anniversaire. Il y en a une vraie montagne. Tu veux voir ?

Je rougis, embarrassé. Francesco sourit sans nous regarder.

– Non, merci. Va tirer la chasse d'eau.
– Ça ne sent pas très mauvais.
– Va tirer la chasse tout de suite !

Elle hausse les épaules et ressort.

Je suis content d'avoir ainsi un peu de répit pour effacer toute trace de mes larmes.

– Entendre sa maman au téléphone l'a littéralement… débloquée, fait observer Francesco d'un ton affectueux.

– Oui, ça doit être ça.

Quand ma sœur revient, mes joues sont sèches. J'ai déjà évoqué les deux téléphones retrouvés, le texto, la voix caverneuse qui a prononcé mon vrai prénom. Je mentionne aussi la photo parue dans le journal, l'année dernière, et qui, selon moi, expliquait qu'on ait pu me localiser.

Je raconte tout, jusqu'au voyage en ferry. Ilaria intervient ponctuellement. Elle tient à préciser :

– C'est moi qui suis allée sonner chez la voisine, Agnese.

– Lucio tournait comme une toupie !

– Je n'avais pas envie d'entrer dans cette remise. Il faisait noir, et ça sentait mauvais.

– J'ai vomi. Deux fois.

Au fur et à mesure que j'avance dans mon récit, pourtant, je ressens comme un décalage. En observant mon comportement de l'extérieur, la puérilité de mes décisions me saute aux yeux.

– Pourquoi maman n'était pas là, hier ? m'interrompt Ilaria.

Sa question, si cohérente, si concrète, m'étonne. J'aurais voulu la poser moi-même.

– Votre maman a lu le texto elle aussi, répond Francesco. Elle a pensé que sa mère était mourante, et elle a voulu tenir la promesse qu'elle lui avait faite. C'est elle-même qui me l'a expliqué au téléphone. Juste après avoir reçu le message, elle a donc essayé de vous joindre, et c'est là qu'elle a découvert que ton frère avait oublié son portable à la maison.

– Lucio oublie toujours tout !

– Elle est sortie dans la précipitation ; elle a attrapé

son sac à main et s'est traînée jusqu'à la station de taxis pour se rendre sur la plage, mais vous n'y étiez pas. Elle a interrogé tout le monde, mais il y avait une telle foule que personne ne vous avait vus partir. Elle a ensuite perdu pas mal de temps à appeler un autre taxi, n'ayant pas pensé à demander au premier d'attendre. Une fois de retour chez vous, certaine que vous seriez là, elle n'a trouvé qu'une maison vide et la radio toujours allumée. Paniquée, votre mère a voulu contacter le bureau du Programme de protection, mais son portable avait disparu. Celui de Lucio également. Elle est alors allée sonner à toutes les portes de l'immeuble, jusqu'à ce que quelqu'un lui ouvre et la laisse utiliser son téléphone. À ce stade, elle était bien plus inquiète pour vous que pour sa mère. Dès que les autorités ont été alertées, elles se sont mises à votre recherche – mais dans votre ville, bien sûr, pas ici !

– Mais qui avait envoyé le texto ? je demande.

Francesco ébauche un sourire.

– Un vieux retraité de la poste de Palerme. Il a un fils adulte qui s'appelle Santino. Son épouse était très mal en point, et l'angoisse de la perdre l'avait rendu aphone.

– Qu'est-ce que ça veut dire ? intervient Ilaria.

– Qu'il n'avait plus de voix. Ne pouvant pas parler, il a donc eu l'idée d'avertir son fils, un homme de trente ans qui habite à Trapani, par SMS. Malheureusement, il s'est trompé de numéro, et le message a été délivré à ta mère. Il a fallu quelque temps aux membres du Programme de protection pour remonter jusqu'à lui. Rien de mafieux là-dedans, comme tu vois.

– Hier, quand je l'ai rappelé, il avait retrouvé sa voix, pourtant. Elle était… très rauque.

Francesco sourit.

– Ça devait être effrayant.

Je réfléchis quelques secondes.

– Mais pourquoi la police ne m'a-t-elle pas téléphoné ? J'avais les deux portables sur moi.

– On m'a dit qu'ils étaient toujours éteints, ou bien qu'ils ne captaient pas de réseau. On a essayé de te localiser, mais c'était impossible. Sauf aujourd'hui, en fin de soirée. Tu avais rallumé ton téléphone ?

– Oui.

– Voilà. Du coup, le relais a pu signaler où tu te trouvais. Le temps qu'on me prévienne, tu l'avais de nouveau éteint. Mais quand j'ai appris que tu étais à Palerme, je suis retourné à mon bureau pour voir si par hasard tu avais tenté de me joindre. J'ai bien fait, on dirait.

Je comprends mieux ! Hier soir, dans la remise, j'ai éteint les deux portables pour économiser la batterie. J'ai rallumé le mien à Palerme, le temps seulement d'appeler Francesco, et ces quelques secondes leur ont suffi pour savoir où j'étais. C'est cette dernière tentative qui nous a sauvés.

Le téléphone fixe sonne de nouveau.

Francesco répond.

– Oui… Bien sûr. Dans ce cas envoyez-moi quelqu'un

qui les prenne en charge. Je suis d'astreinte, cette nuit. Non, impossible. D'accord, dans une heure.

Il raccroche et écarte les bras d'un geste résigné.

– Il va falloir que vous passiez la nuit à Palerme. On ne peut pas vous reconduire chez vous ce soir, et vu que je suis d'astreinte, je ne peux pas m'occuper de vous.

– Chez qui on va aller, alors ? l'interroge Ilaria.

– Chez Eugenia, une psychologue rattachée au tribunal. Elle viendra vous chercher dans une heure. Je suis vraiment désolé de ne pas pouvoir rester, mais je dois prendre mon service dans deux heures. Un autre jour, j'aurais demandé à échanger avec quelqu'un, mais pas cette nuit. Nous sommes tous sous pression.

Et mon affaire ? Comment s'est-elle terminée ? J'ignore même comment s'est passé le procès. Je me sens un peu trahi.

Comme s'il devinait mes pensées, Francesco se tourne vers moi :

– Pasquale Loscataglia est toujours recherché par la police, Lucio. Il a été condamné à trente ans de réclusion par contumace, mais nous n'avons pas encore réussi à l'arrêter. L'autre homme est à la prison de l'Ucciardone.

– Je sais que vous ne l'avez pas trouvé. Je regarde les infos tous les jours.

– Je suis désolé, Lucio. Je comprends que tu aurais voulu qu'on mette tout de suite la main sur lui, comme dans un film américain. Mais c'est très difficile, tu sais. Loscataglia a derrière lui tout le clan de don Ciccio.

Mon équipe n'a jamais cessé de le chercher, mais jusqu'ici, toutes les informations qui nous ont été transmises se sont avérées inutilisables ou erronées. Une fois, c'était pourtant moins une : il venait juste de quitter son repaire, quelques heures plus tôt.

– À cause d'un espion ?

– Peut-être. Ils ont un réseau d'informateurs, des yeux et des oreilles partout. Ces dernières années, les crimes de la Mafia sont devenus de plus en plus terribles. Même les vieux parrains repentis sont horrifiés de voir ce qu'est devenue leur organisation. J'ai dû m'occuper d'autres assassinats, d'autres enfants blessés ou tués. Les mafieux ne respectent même plus leur propre code d'honneur. — Il soupire, se passe une main dans les cheveux. — Je ne suis pas en train de me chercher des excuses, Lucio. Je le trouverai. Je ne me reposerai pas tant que je ne l'aurai pas arrêté.

Il se tait. Regarde Ilaria qui dort, recroquevillée dans son fauteuil. Peut-être rêve-t-elle qu'elle est en Russie.

– Je suis content que tu aies une sœur. Elle est très mignonne. Dis-moi, comment se passe ta vie, maintenant ?

– Maman ne va pas bien. Elle ne sort plus de la maison. C'est moi qui m'occupe d'elle, dis-je en désignant Ilaria du menton. À part ça, je suis inscrit au club de voile. J'ai un Optimist. J'adore ça. Mais je n'ai le droit d'en faire qu'en été.

– Des petites copines ?

– Mmm… Une, peut-être.

– Jolie ?
– Belle comme la lune.
– Et l'école ?
– Ça va. Mais je ne suis pas le premier de la classe.
– Tu veux toujours faire carrière dans la police ?

Je le regarde dans les yeux, conscient de m'apprêter à le décevoir.

– Pas sûr. Ce qui me passionne, à présent, c'est la mer. Les bateaux, les navires. Je voudrais voyager ; ça, ça me plairait. J'envisage de m'inscrire à l'Académie navale, après le bac. Quand je passe dev…

Je m'interromps au milieu de ma phrase. Les yeux de Francesco lancent des éclairs.

Je comprends mon erreur. Je me reprends aussitôt :

– Je veux dire… Un jour, je suis passé devant la télé au moment où était retransmis un reportage sur l'Académie, c'est ça qui m'a donné cette idée.

J'ai été trop bavard ! Il n'existe qu'une seule Académie navale en Italie : celle de Livourne. Et j'ai dit que je passais devant… Francesco n'est pas stupide : il a remarqué ma confusion. Et désormais, il sait où j'habite, lui qui avait tant insisté pour que je ne le lui dise jamais. Je retiens mon souffle, attendant l'explosion.

Mais il reste calme.

– Tu as raison, approuve-t-il. Il y a des métiers fantastiques en rapport avec l'océan. J'espère que ta ville, quelle qu'elle soit… — Il lève une main pour m'empêcher de parler. — … est bien desservie par les transports en commun, depuis Livourne. De cette façon, quand tu seras à l'Académie, tu n'auras pas besoin de passer des heures dans les trains pour rentrer chez ta mère et ta sœur, pendant les vacances. Si tant est que tu aies toujours les mêmes projets dans six ou sept ans, bien sûr.

Le plus silencieusement possible, je relâche l'air emprisonné dans mes poumons.

Peut-être n'a-t-il rien remarqué. Peut-être que les éclairs qui ont traversé ses yeux indiquaient simplement qu'il approuvait mon choix. Ou peut-être qu'il a compris mais qu'il fait semblant de rien.

– La mer… répète-t-il avec nostalgie, comme si celle-ci était à des kilomètres de Palerme. Moi aussi, quand j'étais petit, je voulais partir au large. J'étais décidé à devenir pêcheur. Mais la vie…

Il soupire brièvement, comme écrasé par le poids de ses journées interminables, de ses obligations.

Alors je me mets à lui parler de la mer, de ce qu'elle représente pour moi. Je lui dis à quel point c'est excitant de voler sur les vagues, je lui fais le récit de mes victoires en Optimist. On ne m'arrête plus. Je parle de façon frénétique, au point d'avaler certains mots. La seule chose que j'omets d'évoquer, ce sont les lettres que je lui adressais et que je jetais à l'eau. Francesco m'écoute, amusé et attentif.

– Ce doit être une expérience exaltante, conclut-il enfin. — Il regarde l'horloge. — Nous avons encore une demi-heure devant nous. Tu veux manger quelque chose ?

– Je meurs de faim !

Le Chasseur est vraiment un ami. Il l'a toujours été. Je comprends soudain que, s'il a adopté une attitude glaciale, tout à l'heure, au moment où il a ouvert la portière de la voiture de police, c'est parce qu'il avait eu terriblement peur pour nous.

Je suis heureux qu'il sache où j'habite à présent. Je ne le dirai à personne, et personne ne soupçonnera jamais qu'il connaît mon secret. Si ce n'est moi. Ce lien qui nous unit me fait plaisir.

25

J'ai dévoré l'omelette aux courgettes que m'a préparée Francesco. Ilaria continue à dormir, blottie dans son fauteuil.

Nous attendons l'arrivée de la psychologue qui va nous emmener chez elle.

— Est-ce que je te reverrai ? dis-je à Francesco.

— Je ferai tout mon possible pour venir vous dire au revoir demain matin, avant votre départ. Vous allez voyager en avion, comme il y a cinq ans. Tu es content ?

— Bien sûr ! Mais je voulais te poser une question. Pourquoi ne peut-on pas dormir ici même si tu n'es pas là ?

— C'est impossible, je suis désolé. J'ai l'impression que tu te laisses un peu aller à un sentiment d'euphorie imprudent depuis que tu sais que ta mère n'a pas été enlevée. Mais nous ne sommes pas dans un roman d'aventures, Lucio. Je veux que vous soyez en lieu sûr, sous surveillance, pas tout seuls dans un appartement. As-tu oublié que tu cours un danger permanent ?

Francesco a raison. Quand j'ai découvert qu'il n'y avait plus personne chez nous, à Livourne, cela a été un moment si terrible que je me sens léger à présent ; j'ai la sensation de vivre une vie normale, semblable à celle de n'importe quel garçon. Comme si, pendant toutes ces années, le risque d'être tué pour « infamie » n'avait été qu'un produit de mon délire paranoïaque.

– La Mafia existe toujours, Lucio. Ne l'oublie jamais.

Son ton est catégorique, mais j'y perçois également du regret et de l'amertume. Pour lui aussi, la Mafia existe toujours.

– Oui, je murmure, un peu abattu, avant de changer de sujet : Au fait, tu sais si Nunzia va bien ?

– Je me suis renseigné. Ta grand-mère a toujours bon pied bon œil. Après votre départ, le village de Tonduzzo s'est cotisé pour lui offrir un dentier. Ça lui a changé la vie. Ta mère en a été informée, d'ailleurs.

– Tu crois que je pourrais la revoir ?

– Non, malheureusement. Je regrette. Des gens s'occupent d'elle, elle est bien entourée. Ton affaire a suscité l'indignation, au village ; les habitants étaient tous bouleversés ou furieux. Et pourtant, quand la police les a interrogés, pas un seul n'a parlé. Ce sont de braves gens, simples et craintifs, soumis à la loi de l'omertà. En revanche, ton oncle m'inquiète un peu, je dois l'avouer.

– Turi ?

– Oui.

– Quand j'étais à l'hôpital, c'est lui qui m'a dit que je serais un infâme si je dénonçais les coupables. C'est

pour ça que j'ai cru qu'il était impliqué dans l'enlèvement de maman, hier.
– Enlèvement qui n'a pas eu lieu, je te le rappelle.
— Francesco sourit, puis secoue la tête, l'air pensif. — J'ai un peu peur qu'il ne finisse comme ton père.
– Qu'il se fasse *éteindre* ?
– Oui, ou qu'il ne soit en contact avec des gens… dangereux.

Nous nous regardons longuement, les yeux dans les yeux. Inutile d'insister, j'ai compris. Il pense que Turi est devenu — ou sur le point de devenir — un mafieux.
– Je suis content que tu ne vives plus en Sicile, Lucio, poursuit-il. Au Nord, tu es à l'abri de cette mentalité tordue. La Mafia aime recruter des jeunes désespérés à son service. On tombe si facilement dans la délinquance par besoin, par ambition, par ennui… Ça arrive à beaucoup de gens. Toi, au moins, tu es loin de tout ça.

On sonne à l'interphone.

Francesco va répondre.

Peu après, une femme maigre fait son apparition. Le magistrat me la présente :
– Eugenia Attardi.

Je mets deux secondes à la reconnaître. Il s'agit de la psychologue qui l'accompagnait, la première fois qu'il m'a rendu visite à l'hôpital. Celle à la voix mielleuse.

Sans même nous dire bonjour, celle-ci nous examine tour à tour, Ilaria et moi. À son expression, il est clair que nous représentons un souci de plus pour elle. Elle s'adresse à moi d'une voix tout sauf suave :

– Alors vous voilà ! On vous a cherchés dans toute l'Italie. Tu en as fait de belles, Santino ! — Puis, changeant de registre, elle m'offre un sourire indulgent et me menace de l'index, comme si j'étais un gamin espiègle. — À cause de toi, je vais rater la fête de Sainte-Rosalie !

Elle m'a appelé Santino. Elle ne connaît pas mon nouveau nom. Tant mieux.

Francesco se passe une main dans les cheveux. Un geste qui m'est désormais familier : celui qui le trahit quand il est en difficulté.

– C'est juste l'affaire d'une nuit. Ils seront pris en charge tôt demain matin. Où es-tu garée, Eugenia ?

– Juste en face.

– Je descends la petite.

Il prend Ilaria, qui continue à dormir, dans ses bras et nous descendons l'escalier tous ensemble.

Une fois ma sœur et moi installés sur le siège arrière de la voiture, Francesco se penche à la portière encore ouverte et me chuchote :

– Je ne me suis pas encore résigné, tu sais, Lucio. Ne crois pas ça. Nous le trouverons. Allez, bonne nuit. J'essaierai par tous les moyens de venir te dire au revoir à l'aéroport, demain matin.

Sur ce, la voiture démarre. J'ai la gorge nouée. Je m'éloigne de la seule personne auprès de qui je voudrais rester.

Comparé à l'appartement de Francesco, égayé par quelques tableaux et sculptures, celui d'Eugenia est sobre, presque sévère. Il n'est pas décoré comme le sont souvent ceux des femmes : pas de bibelots, pas de fleurs en plastique, pas de petits paysages idylliques. En revanche, il y a des livres partout, même par terre. Des codes civils, des textes de psychologie. Eugenia semble quelqu'un de désordonné. Cela me la rend un peu plus sympathique.

Je l'aide à coucher Ilaria.

– Ma sœur est comme ça, j'explique. Quand elle dort, elle dort. Pas moyen de la réveiller.

– Tant mieux pour elle. Essaie d'en faire autant. Tu as mangé, Santino ?

– Oui.

– Alors couche-toi. Il est déjà onze heures.

Elle nous a installés dans son bureau, sur un canapé-lit à deux places. Au plafond, un grand ventilateur tourne lentement. Je me glisse sous le drap.

– N'éteignez pas la lumière, s'il vous plaît, dis-je au moment où elle s'apprête à sortir de la pièce.

Elle hésite, puis un sourire maternel naît sur ses lèvres trop minces.

– D'accord. Mais j'ai vérifié, il n'y a pas de monstre sous le lit, tu sais. Allez, dors, le marchand de sable est passé. Bonne nuit.

Elle sort sans éteindre.

Je reste sans voix. Des monstres ? Le marchand de sable ? Pourquoi croit-elle que je lui ai demandé de laisser la lumière allumée ? N'a-t-elle pas remarqué que j'avais douze ans ?

Je suis épuisé, mais trop excité pour dormir. Quelle

journée ! J'ai l'impression d'avoir vécu une année entière en vingt-quatre heures. L'angoisse, la joie. Parler avec maman m'a fait le même effet que si la réalité s'était transformée d'un coup de baguette magique : au fond de moi, j'étais déjà sûr et certain qu'elle était morte. Et puis revoir Francesco. Cet éclair dans son regard. Il sait où j'habite désormais. C'est notre secret.

Le seul point négatif, c'est que le Chasseur n'a pas encore réussi à attraper sa proie.

Je me relève et commence à tournicoter dans la chambre, examinant la couverture de chaque ouvrage. Quel ennui ! Elle ne lit donc jamais de romans, cette femme ?

Une demi-heure s'écoule. Eugenia doit être allée se coucher : je ne perçois plus aucun bruit dans l'appartement. En revanche, dehors, un joyeux vacarme de voix, d'explosions, de musique se fait entendre. La fête de Sainte-Rosalie bat son plein. Sur le trajet pour venir jusqu'ici, j'ai eu l'impression que tous les habitants de Palerme sans exception étaient descendus dans la rue. Nous pouvions à peine avancer.

Posté à la fenêtre, j'essaie d'apercevoir le feu d'artifice, mais ne parviens qu'à entendre des détonations et à entrevoir des lueurs dans le ciel noir. Les corolles lumineuses sont dissimulées par les grands immeubles qui nous font face.

Soudain, une fusée monte à la verticale et explose, bien au-dessus des toits, en une cascade d'étincelles violettes. Fantastique.

La seule fois où j'ai pu célébrer cette fête avec mon père et ma mère, j'étais encore tout petit : deux ou trois ans, peut-être. Il paraît que je n'avais pas eu peur du bruit ; au contraire, je poussais des cris d'enthousiasme.

Après la fusée violette, je retourne me coucher, mais le bruit des pétards me poursuit. Les détonations les plus fortes me font sursauter. Tels des coups de feu.

Ça ne me passera donc jamais.

Je me relève pour aller fermer la fenêtre et atténuer ce boucan, avant de m'allonger de nouveau à côté d'Ilaria.

Je commence à somnoler. Sous mes paupières se succèdent des images déconnectées, désordonnées. Le portail du palais de justice, le pont du ferry, les yeux de panda de ma sœur, le visage fermé de Francesco lorsqu'il est venu nous chercher. Et enfin la cascade de lumière, ce scintillement violet tombant silencieusement du ciel obscur…

Je glisse dans le sommeil.

Et tout à coup, je me réveille. Complètement.

Dans une clarté fulgurante m'est apparue la cabine du café où j'ai téléphoné. Je revois comme si j'y étais la cloison, derrière l'appareil, couverte d'affiches publicitaires et de petites annonces. Tandis que j'attendais que quelqu'un décroche, l'oreille collée au récepteur, je les fixais d'un regard absent, trop concentré sur mes problèmes pour les voir vraiment.

L'une des affiches était violette. Un violet vif qui m'a frappé sans que je m'en rende compte.

Et surtout il y avait un mot, imprimé en gros caractères, suivi de quelques lignes plus petites que je n'ai pas lues.

Un mot que j'ai enregistré inconsciemment : SIBYLLE.

La Sibylle...

Une voix résonne dans ma mémoire. *Jusqu'à maintenant, grâce à ça, j'ai eu tout ce que je voulais : du fric, des filles, tout. C'est une* magara *très puissante qui les fabrique pour moi.*

Qui fabrique quoi ?

Ce n'est que là que je me remémore le cadeau maudit. La *trinacria* de mon enfance, celle avec une guêpe à la place du visage de femme.

Comment ai-je pu l'oublier pendant toutes ces années ? Ce bijou jeté dans les toilettes de l'hôpital après avoir été réduit en miettes...

Sur l'affiche violette du café était écrit LA SIBYLLE.

N'était-ce pas le nom de la *magara* de Pasquale ?

Si. Celui de la magicienne qui confectionnait ces amulettes exprès pour lui.

Est-il possible qu'il s'agisse de la même personne ? Combien peut-il y avoir de Sibylle à Palerme ?

Je m'assieds sur le lit, en proie à une folle impatience. Il faut que j'aille vérifier. Que je voie à nouveau cette affiche. Tout de suite. Que je sache si c'est bien la même femme.

Du calme, du calme. Un nom ne suffit pas. Cela pourrait être une publicité pour un salon de coiffure. Ou pour un restaurant. Ou une bijouterie... Pour le découvrir, une seule solution : retourner au café.

Me voilà déjà rhabillé. Je m'assure que mon couteau indien est toujours dans ma poche. Je n'ai plus que mes chaussures à enfiler. Je les prends à la main et ouvre tout doucement la porte du bureau.

Si je réveillais Eugenia, elle me rirait au nez et se tapoterait le front du doigt en me traitant de fou. J'ai besoin de preuves. Si c'est bien la Sibylle que je cherche et que je déniche son adresse, je fournirai à Francesco un indice très important. Une piste solide pour remonter jusqu'à Pasquale Loscataglia et à son père, le *Scannapopulu*.

Je dois aller vérifier. Ça me prendra une heure tout au plus.

26

J'ai de la chance : un trousseau de clefs pend à la serrure. J'ouvre la porte sans faire un bruit, referme derrière moi en emportant les clefs : j'en aurai besoin pour rentrer.

En descendant l'escalier, je m'aperçois soudain que j'ai oublié ma montre près du lit. Tant pis. J'ai le plan de Palerme et mon portable, c'est l'essentiel.

Une fois dehors, le vacarme m'agresse, tel un véritable ouragan. Roulements de tambour, musique, Klaxons, chansons, pétards, cris excités... Il y a énormément de monde. Des fanfares, des vendeurs de *calia e simenza*[1], tout au long des ruelles décorées de guirlandes... Rosalie, la sainte miraculeuse, a fait sortir toute la ville dans la rue.

Le café dans lequel j'ai consulté l'annuaire se trouve

---

1. Plat sicilien à base de pois chiches et de graines de courge traditionnellement consommé à l'occasion des fêtes patronales.

tout près de la cathédrale. La foule avance justement dans cette direction, car c'est de là que partira la procession.

Impossible de marcher bien vite. Ignorant les insultes, je force le passage, bouscule des gens, sépare des couples.

Une voix s'élève d'un haut-parleur : « Toi qui, par ta mort, nous as apporté la vie, donne-nous la force… »

D'après le plan, je ne devrais pas tarder à toucher au but. J'essaie de ne pas me laisser distraire par les odeurs de pâtisseries, d'épices et de friture.

— Palerme et ses enfants ne méritent pas un tel châtiment… psalmodie encore la voix dans le mégaphone derrière moi.

Je dépasse un kiosque qui vend des objets sacrés et des icônes de sainte Rosalie. Non loin de là, un homme déclame des vers sur une estrade ornée de lumignons rouges, verts et jaunes, accompagné d'une mandoline et d'une contrebasse. La musique couvre la voix apocalyptique.

La foule est comme un mur vivant. Je la fends de mes mains, utilise ma tête tel un bélier. Un grand type baraqué m'attrape alors par le bras. Il est d'humeur belliqueuse, je peux le voir dans ses yeux.

— J'ai perdu mes parents ! Ils sont juste là-bas ! je crie en feignant la panique.

L'armoire à glace s'écarte. D'autres gens m'ont également entendu et me cèdent le passage. Je me remets en marche.

Et si le café était fermé pour la nuit ? Cela ne m'a pas effleuré. Il est trop tard pour y penser de toute façon.

La tête toujours baissée pour mieux me frayer un chemin, je progresse, mètre par mètre, jusqu'à la place de la cathédrale. La cohue y est indescriptible. Plus un seul centimètre carré d'espace libre. Je suis pressé de toute part ; impossible de bouger.

Et devant moi, un spectacle incroyable.

Au-dessus de la foule émerge en effet un énorme bateau rouge muni d'une voile blanche bien tendue. Impossible de dire s'il est posé sur une estrade ou tout simplement hissé par des centaines de mains. En haut du mât, éclairée par un phare, se tient la sainte. Céleste, délicate, un bras levé et le visage tourné vers le ciel.

Le voilier fait-il partie de la procession ? Peu importe, je n'ai pas le temps d'attendre, même si je meurs d'envie de le voir flotter sur cette marée humaine comme un navire dans la tempête.

Détournant le regard à regret, je cherche autour de moi un passage, même infime, qui me permette d'échapper à cette impasse. Mais la foule est si compacte que je désespère d'atteindre la rue où se trouve le café.

Une voix affolée se met brusquement à hurler :

– Écartez-vous ! Écartez-vous ! Une femme s'est évanouie !

Un homme apparaît dans mon champ de vision, portant dans ses bras une femme inconsciente. La foule s'ouvre devant lui. Sans perdre un instant, je me glisse dans son sillage immédiat.

Enfin, après quelques dizaines de mètres, j'aperçois l'enseigne du café et abandonne mon brise-glace.

Il y a de la lumière. C'est ouvert !

À l'intérieur, les clients s'agglutinent devant le comptoir. Je dois encore une fois jouer des coudes pour rejoindre la cabine téléphonique.

Le cœur battant, je parcours des yeux les affiches qui la tapissent.

La voilà :

LA SIBYLLE
Maîtresse des secrets du feu.
Grâce à elle, vous pourrez :
Vous mettre en contact avec vos défunts,
Chasser les esprits malins,
Guérir toutes les maladies,
Surmonter les chagrins d'amour,
Obtenir des rémunérations faramineuses.
33A passage du Zingaro, deuxième étage, porte 4.
Tél. 091242455
Visites à domicile sur rendez-vous.

J'exulte. Même s'il n'est nulle part fait mention d'une *magara*, il est évident que c'est bien ce dont il s'agit.

Je n'ai en revanche pas pensé à prendre un papier et un crayon. Il me faut apprendre par cœur l'adresse et le numéro de téléphone.

– J'ai besoin de donner un coup de fil ! me lance un homme qui semble pressé.

Je sors de la cabine à reculons, tout en continuant à me répéter les précieuses informations. Avant de quitter le café, j'interroge une des clientes :

– Pouvez-vous me dire où est le passage du Zingaro, s'il vous plaît ?

– Il suffit de traverser l'avenue Vittorio-Emanuele, par là, et tu y es.

Je regarde sur le plan. C'est si près que j'ai envie d'aller y jeter un coup d'œil avant de rentrer. Ce n'est pas très raisonnable, pourtant : je suis parti depuis longtemps déjà. Mais il pourrait y avoir une enseigne avec une guêpe sur la porte, ou même une *trinacria*. Ce serait une preuve concluante.

Au final, la tentation est trop forte. Et puis cela ne me prendra que quelques minutes.

Tout en me répétant inlassablement le numéro de téléphone, je me fraye de nouveau un chemin dans la foule. Je suis devenu un véritable expert en la matière, on dirait que j'avance plus vite.

En un clin d'œil, je rejoins le passage du Zingaro. Il est étonnamment tranquille. Le numéro 33 est presque au bout. Je fais donc halte un peu avant, au niveau du 29.

Une voiture est garée devant le 33A. Une Fiat Punto, blanche. Sur le siège passager, à l'avant, est assis un enfant qui mange une glace, penché à la fenêtre. Il doit avoir environ trois ans. Il semble seul à l'intérieur du véhicule.

Que fait un enfant si petit sans surveillance, dans une voiture en pleine nuit ?

De là où je suis, la Punto blanche me dissimule la porte du bâtiment et une éventuelle plaque ou enseigne.

Je décide donc d'avancer. L'impasse est si étroite que la voiture en occupe presque toute la largeur. Je frôle la carrosserie en passant. Le gamin me suit des yeux.

– Bonjour ! me lance-t-il.

Nous sommes si proches que, malgré la pénombre, je distingue parfaitement son visage. Un gamin très mignon.

– Bonjour. Elle est bonne, ta glace ?

Il lèche son cône avec gourmandise.

– Oui. Très bonne.

– Tant mieux. Bonne nuit !

Alors que je m'apprête à y aller, il reprend la parole :

– J'attends le prêtre. — Un autre coup de langue. — On va bientôt partir.

Une main sur la portière, je me penche pour mieux l'observer. Une odeur de lotion après-rasage flotte à l'intérieur de la Fiat. Ce parfum me donne un léger vertige.

– Il est allé chercher ses lunettes. Il les a oubliées chez une dame. Ensuite, il va m'emmener manger des escargots ; les meilleurs de Palerme !

– C'est bon, ça, les escargots. Et où mange-t-on les meilleurs de Palerme ?

Tout en parlant, j'essaie d'apercevoir la porte du numéro 33A, sans succès.

– Au stand de Pasquinuccio il Dritto. Les meilleurs, hein ! répète-t-il.

– Je ne connais pas cet endroit. C'est près d'ici ?

Pourquoi est-ce que je reste là ? Je devrais avancer, regarder s'il y a une enseigne et rentrer au pas de course.

C'est l'odeur de l'après-rasage qui me retient.

– Bien sûr que non. — Nouveau coup de langue. — Il faut aller dans la montagne.

Son sicilien est hésitant. Il me rappelle ma propre enfance.

– Comment t'appelles-tu, petit ?
– Toti.

Ses cheveux sont noirs et crépus. Il porte un costume élégant, et une chaîne en or disparaît sous le col amidonné de sa chemise.

Il est courageux, ce gosse. Il attend ce prêtre tranquillement, tout seul dans la nuit. (Qui est-ce ? Un oncle ?) Moi aussi, j'étais comme ça, à son âge. Je n'avais peur de rien.

– Mais il est où exactement, ce Pasquinuccio il Dritto ? Moi aussi, je veux manger les meilleurs escargots de Palerme ! dis-je pour le taquiner.

– Sur la montagne, répète-t-il, là-bas. — L'enfant sort le bras par la fenêtre pour m'indiquer une direction au hasard, manquant de peu au passage de me donner un coup sur le nez. — Je ne sais pas comment elle s'appelle.

La chaîne en or brille juste sous mes yeux.

– Tu me montres ta médaille, Toti ?

Il s'exécute. Dessus est gravée une représentation de la Vierge.

– Elle est jolie, dis-je en cachant ma déception. Pourquoi m'attendais-je à autre chose ?

– C'est maman qui me l'a donnée. Mais j'ai aussi celle de papa. J'en ai deux en tout, se vante-t-il avec fierté, en commençant à tirer sur un lacet de cuir marron que je n'avais pas remarqué. C'est une…

C'est alors que j'entends le *clic* de la porte de l'immeuble qui vient de s'ouvrir de l'intérieur.

L'enfant aussi l'a entendu. Il lâche le lacet et se penche de l'autre côté de la voiture.

Je l'entends brusquement crier :

– Papa !

Par l'entrebâillement de la porte apparaît une chaussure masculine, sombre et luisante. Puis un pan de tunique noire.

– Toti ! Tu as été sage ?

L'homme n'est pas encore visible, mais sa voix a résonné, claire et nette, dans le silence de l'impasse. Et elle m'a frappé comme une gifle.

Je me mets aussitôt à courir à perdre haleine. Plus que quelques mètres pour sortir de ce passage. Je les franchis en quelques enjambées et tourne à l'angle sans m'arrêter.

Me voici dans une avenue plus large. On ne peut plus me voir depuis la ruelle.

Dans mes oreilles bourdonne cette voix venue du passé. Elle m'a tordu les entrailles comme je n'imaginais pas que ce soit possible.

Le prêtre. Le père de Toti. L'après-rasage. La voix. Tout est limpide. Afin de circuler librement, Pasquale Loscataglia se déguise en homme d'Église.

Si je reste vivant, j'en apprendrai davantage.

Du calme. La voiture est garée dans l'autre sens, et le passage est si étroit qu'on ne peut pas faire demi-tour.

D'un autre côté, Pasquale pourrait me suivre à pied. Son fils lui a certainement déjà parlé de moi ; il m'a peut-être même vu m'enfuir. Il devinera aisément qui je suis.

Je cours, je cours, tandis que les pensées tourbillonnent dans ma tête. Comment ai-je pu me fourrer dans un guêpier pareil ? Je suis un crétin. Le pire des imbéciles. Et maintenant ? Pas le temps d'avoir des remords. Il faut que je réfléchisse, que je trouve le moyen de sauver ma peau.

Il n'y a qu'une chose à faire. Me cacher au plus vite.

Me voici rue Biscottari. Il y a du monde, mais pas autant que devant la cathédrale. J'en parcours un bon bout, toujours au galop, pour m'éloigner le plus loin possible. Soudain, j'aperçois une porte cochère entrouverte, donnant sur une cour intérieure. Je la franchis d'un bond et m'abrite derrière le lourd battant. De cette façon, quand Pasquale passera, à pied ou en voiture, il ne pourra pas me voir. J'attends. Je sors le couteau de ma poche. La fine lame brille dans la pénombre.

Mon cœur bat si fort que j'ai peur qu'on l'entende du trottoir. Pour couronner le tout, à force d'avoir couru, j'ai mal à la cuisse, à l'endroit où se trouve ma cicatrice. Incroyable. Comme dans *Harry Potter*, la proximité de l'assassin de mon père ravive la douleur de ma blessure.

Si ce n'est que je suis un peu trop grand pour croire à ce genre de chose.

Je me rends compte maintenant combien Toti ressemble à un Pasquale Loscataglia miniature. Il ne fait aucun doute que c'est son fils. Les mêmes cheveux frisés, les mêmes vêtements élégants. Et l'odeur de lotion dans la voiture – garée sous l'appartement de la Sibylle ! Quant au médaillon qu'il n'a pas eu le temps de me montrer... Je jurerais qu'il s'agit d'une *trinacria* avec une guêpe en son centre.

Quelques minutes s'écoulent, et je n'entends ni bruit de pas, ni voiture roulant au ralenti. Je retrouve un peu d'espoir.

Et si Pasquale ne m'avait pas vu m'enfuir ? Et si Toti n'avait rien dit à son père ? Peut-être lui a-t-on défendu de parler à des inconnus et peut-être a-t-il peur de se faire gronder. Si c'est le cas, personne ne me suit. Et alors autant dire que je détiens une information précieuse. Je sais où il va se rendre !

Je dois prévenir Francesco. Tout de suite. Je sors doucement le portable de ma poche et juste à ce moment-là, distingue le bruit d'une voiture arrivant à toute vitesse. Est-ce la Punto blanche ? Je l'ignore. À son passage, je me suis enfoncé un peu plus dans l'ombre de la porte.

J'attends encore un peu. Le bruit de moteur s'est évanoui dans le lointain. De toute façon, ce ne sont pas les voitures qui circulent à grande vitesse que je dois redouter, mais celles qui avancent au pas : quand on cherche quelqu'un, on roule lentement.

Petit à petit, je me rassure, de plus en plus convaincu que le gamin n'a pas parlé. Ils ont dû aller dîner, comme prévu. Combien de temps faut-il pour manger des escargots ?

Bon, je dois téléphoner. La cour est déserte. Je referme mon couteau et vais m'accroupir dans un coin, loin de la rue, au milieu d'un tas de vieux vélos et de poussettes. J'appelle Francesco à son bureau.

Ça sonne dans le vide, et le répondeur se déclenche. Je raccroche. Il m'a dit qu'il était d'astreinte cette nuit, mais où ? Pas au palais de justice, visiblement. Eugenia saurait peut-être comment le contacter, mais je n'ai pas son numéro. Il va donc me falloir à nouveau trouver un café ouvert et chercher dans l'annuaire. Je me souviens du nom de famille de la psychologue : Attardi. Je sais aussi dans quelle rue elle habite. Mais prendre le temps de rentrer, avec la foule qu'il y a un peu partout, serait une grave erreur. Quand Pasquale et son fils auront terminé leur repas, mon information ne vaudra plus un clou. Sans oublier que, de toute manière, elle n'a de valeur que si Francesco sait sur quelle montagne on vend les meilleurs escargots de Palerme.

La poussée d'adrénaline qui m'a soutenu au cœur du danger s'épuise, et je suis si fatigué que j'ai presque envie de m'allonger au milieu de la cour pour me reposer un peu. Cependant il faut que j'agisse. Maintenant.

Je me force à me relever, jette un coup d'œil dehors. Pas de Fiat blanche.

Je marche à une vitesse normale à travers les rues

noires de monde, tout en serrant le couteau dans ma main, au fond de ma poche.

Je me dirige vers le café de tout à l'heure par un chemin détourné. Il est encore ouvert, et quelqu'un occupe la cabine. Avec un murmure d'excuse, je m'approche et emprunte l'annuaire. Eugenia Attardi… La voilà! Je compose son numéro sur mon portable. Elle répond à la troisième sonnerie, d'une voix ensommeillée.

– Allô?

– Allô, c'est… Santino. J'allais dire Lucio.

– Santino? Mais pourquoi m'appelles-tu au lieu de venir frapper à la porte de ma chambre? — Puis elle change de ton. L'inquiétude perce dans sa voix. Elle vient de comprendre. — Où es-tu?

– Je n'ai pas le temps de vous expliquer, là, tout de suite, mais je crois savoir où se trouvent Pasquale Loscataglia et son fils en ce moment même!

– Mais… comment…

– Écoutez, j'en suis presque sûr! Après quoi je chuchote : Connaissez-vous un marchand d'escargots qui tient une petite échoppe quelque part sur la montagne? Les meilleurs escargots de Palerme? C'est là qu'ils vont. Pasquale est déguisé en prêtre.

– En prêtre?

– Oui, avec une soutane noire.

– Je ne comprends pas tout ce que tu viens de me dire, Santino.

– Il faut avertir Francesco. C'est important!

J'ai presque crié.

– Mais toi, où es-tu ?

– Peu importe, je reprends, de nouveau à voix basse. Je rentre tout de suite. Mais appelez-le, je vous en prie ! On peut encore mettre la main sur eux si on fait vite ! Son fils a environ trois ans. Ils vont chez Pasquinuccio il Dritto !

Heureusement que le nom du marchand d'escargots m'est revenu en mémoire. En l'entendant, Eugenia s'exclame :

– Je le connais ! Je vais prévenir Francesco. Mais toi, reviens immédiatement ! Reviens ! Oh mon Dieu, Santino, comment as-tu fait pour… Dis-moi où tu es : je viens te chercher !

– Ce n'est pas possible. Je vous ai enfermée à clef. Appelez tout de suite Francesco, s'il vous plaît !

Je raccroche sans prévenir pour ne pas avoir à subir ses insultes et lui permettre de téléphoner.

Avec un soupir de soulagement, je remets l'annuaire à sa place. À présent, l'affaire est entre les mains du Chasseur. Je peux retourner chez Eugenia. Je crois que j'ai vraiment besoin de me reposer.

J'espère seulement que ma théorie est exacte et que Pasquale n'est pas parti à ma poursuite au lieu d'aller manger des escargots.

27

Je marche dans la ville comme une bête traquée. Bizarre. Bien que je sois parvenu à mes fins et que je rentre chez Eugenia, je sens la peur me tenailler de plus en plus. Pourquoi ?

Peut-être parce que, jusqu'ici, j'ai dû me concentrer sur toutes sortes de problèmes pratiques : identifier la maison de la Sibylle, me cacher, chercher le numéro d'Eugenia… Maintenant, au contraire, plus rien ne me distrait, et c'est comme si le passé se rattachait au présent pour former un tout – ma vie.

L'homme qui a tué mon père n'est désormais plus cantonné à mes souvenirs d'enfance. Pasquale Loscataglia est ici, à Palerme. Il a été condamné par contumace, mais il a fondé une famille, et il a l'arrogance de se promener en ville, déguisé en prêtre. Il emmène tranquillement son gosse manger des escargots alors que la police le traque depuis des années.

Je prends en un instant conscience de l'absurdité de ma sortie nocturne, et c'est comme si un seau d'eau glaciale se déversait sur moi.

Toti n'a pas parlé ? C'est ce que j'ai envie de croire. Il est pourtant bien plus logique qu'il ait mentionné notre rencontre à son père. Dans ce cas, je suis en danger. Pasquale pourrait surgir de n'importe où. À n'importe quel moment.

Le couteau indien dans ma poche m'apparaît à présent comme un jouet ridicule. Qui pourrais-je blesser avec une lame pareille ? À Palerme, on utilise de vrais pistolets. Chargés.

Autour de moi, tout semble hostile : l'obscurité, l'odeur de poudre des feux d'artifice, la cire blanche tombée des énormes cierges de la procession et qui envahit la rue. Mes chaussures s'y enfoncent. Même si je le voulais, je ne pourrais pas courir.

Et puis le bruit : pétards tambours trompettes assiettes cris chœurs d'enfants.

Tout ce chaos m'épuise.

Je crois voir des mafieux partout en train de me scruter d'un air suspicieux. Au passage de chaque voiture, je me réfugie sous une porte cochère, me cache derrière une poubelle, me plaque contre un véhicule en stationnement. Si je continue ainsi, mon manège va finir par attirer l'attention.

Et voilà que, à force de chercher à me mettre à l'abri, je me suis perdu. Je consulte le plan, mais suis incapable de me repérer. J'emprunte une rue au hasard, qui mène à une grande place moins animée. Le tapage ambiant y arrive comme en sourdine. La Kalsa, est-ce écrit. Plusieurs façades d'immeubles tombent presque en ruine, comme après un bombardement. La plupart d'entre eux ont l'air abandonnés. L'asphalte, quant à lui, n'est plus recouvert de cire poisseuse.

Je regarde de nouveau mon plan. Si je suis bien sur la place de la Kalsa, c'est que je me suis éloigné de chez la psychologue au lieu de me rapprocher.

J'aperçois de nombreux endroits où je pourrais me cacher, mais n'ai pas envie de trouver refuge sous un de ces porches sombres et sales. À défaut de mafieux, ils pourraient abriter quelques drogués et leurs seringues.

Au milieu de la place je remarque soudain une sorte de kiosque, d'un jaune doré, visiblement ancien. Doté d'une armature en métal, il est décoré de colonnes et de volutes délicates, bordé de grands pots de fleurs. Son toit pointu est surmonté d'une girouette en forme de coq. Qu'y vend-on ? Il paraît bien incongru au milieu de tout ce délabrement.

Je m'approche.

Il y a une grille avec de fins barreaux qui fait le tour du bâtiment, protégeant ses fenêtres. La porte d'entrée, elle, est fermée.

Si je réussissais à me mettre à l'abri là-dedans, je pourrais observer toute la place sans être vu.

Personne dans les parages. Je tire donc de toutes mes forces sur la grille qui finit par se soulever légèrement. Un coup d'œil autour de moi et, prenant appui sur une jardinière, je glisse la tête sous la grille, puis le buste, avant de me propulser à travers une fenêtre. Une roulade avant, et me voilà à l'intérieur.

L'opération m'a pris trois secondes à peine.

L'obscurité me rassure, mais presque aussitôt, je regrette d'avoir agi sur un coup de tête. Le kiosque est très visible, et c'est une cachette idéale. Si je l'ai remarqué, Pasquale Loscataglia en fera autant.

Je me laisse tomber sur le sol, découragé.

Il faut que je sorte de là, que je retourne au plus vite aux côtés d'Ilaria, qui dort sans doute toujours paisiblement. Comme j'envie son sommeil ! Si je le pouvais, je crois que je m'endormirais, moi aussi. Mais des pensées effrayantes envahissent mon esprit, ne m'accordant aucun répit.

Si Pasquale Loscataglia se sent menacé, il poursuivra ses recherches. Il a peut-être d'ailleurs déjà prévenu d'autres mafieux. Ils me retrouveront avant que j'arrive en lieu sûr. Pasquale est bien le genre à avoir un pistolet dans la poche de sa soutane. Il est capable de me tirer dessus sous les yeux de son fils. Il n'aura même pas besoin pour cela d'entrer dans le kiosque : il lui suffira de me viser à travers la grille. Il rangera ensuite son arme et ira manger des escargots avec Toti.

Qu'est-ce que je fiche ici, Bon Dieu ?

Pour ne rien arranger, en sautant à l'intérieur, je me suis cogné l'épaule. Celle-ci me lance. Je voudrais bouger, mais la peur me paralyse.

Et puis mes cicatrices me font mal. Elles sont là jour et nuit, pour toujours. Je prends bien garde de ne pas les montrer – j'ai appris à ne jamais me déshabiller en public –, mais je ne peux les oublier.

La fête semble devoir durer éternellement. J'entends toujours des pétards au loin. Pourtant, à un moment donné, les feux d'artifice vont bien finir par s'éteindre, les marchands par remballer leurs friandises ; la procession atteindra son but, et chacun rentrera chez soi. Dans les rues vides, il ne restera plus qu'une couche de cire piétinée par des milliers de passants. Je serai alors plus en danger que jamais car, d'une certaine manière, je suis protégé par la foule.

Bon, ça suffit. Je dois sortir d'ici.

Je tente de me lever, en vain. Mes muscles ne me répondent plus, mes forces m'ont abandonné. Et maintenant, voilà que je pleure.

Allez, dans une minute, j'y vais.

Enfin debout, je m'apprête à soulever doucement la grille, quand j'entends une voiture approcher.

Je me jette par terre et empoigne mon couteau.

L'ouvre.

Sur le carrelage résonnent les battements de mon cœur.

À chaque pulsation, une prière.

Va-t'en. Va-t'en. Va-t'en. Disparais. Disparais. Disparais. Va-t'en. Va-t'en. Va-t'en.

Mes doigts se crispent sur le manche de mon arme. Saurai-je l'utiliser ? Comment ? Il faut que je le vise au cœur, que je frappe le premier.

Je ne peux m'empêcher de trembler. Je tends l'oreille. La voiture fait le tour de la place avant de s'éloigner.

C'est lui. Ça ne fait aucun doute.

Il sait à quoi je ressemble, quels vêtements je porte. Toti a dû lui faire ma description. Pour l'instant, il n'a pas prêté attention au kiosque, mais il y repensera forcément dans quelques minutes et rebroussera chemin. La terreur me saisit. Ma gorge émet des gémissements stridents.

Je suis de nouveau un petit enfant, comme lorsque je m'étais réfugié en haut de ces marches sur le point de s'écrouler, dans la ville fantôme, pour attendre la fin. Mes anciennes blessures se sont réveillées après un long sommeil, et me font souffrir. La poussière irritante du plâtras me remplit la bouche. Sur ma langue, le goût douceâtre de mon propre sang.

J'ai l'impression d'être un vase qui fuit : l'orgueil, la dignité, le courage coulent par toutes mes fissures. Seule demeure la terreur. Une terreur qui me dévore, qui m'aveugle.

Je me rends.

Secoué de frissons que je ne parviens pas à réprimer, je ferme le couteau et le remets dans ma poche. Ma main frôle quelque chose. Mon portable. Les doigts tremblants, je l'allume, appuie sur la touche de rappel automatique. J'avale ma salive. Réussirai-je à m'exprimer clairement, sans élever la voix ? Ai-je seulement encore une voix ?

Eugenia répond dès la première sonnerie.

– Allô ?

– Ve… venez… me… chercher…

– Santino, où es-tu ? Qu'est-ce qui se passe ?

– Dans le… le kiosque… Kalsa… la… la place… J'ai peur !

Et j'éclate en sanglots.

Qu'elle m'entende pleurer. Ça m'est complètement égal.

– Tu es dans le kiosque au milieu de la place de la Kalsa ?

– Oui.

– Restes-y. — La voix d'Eugenia est calme. — Ne bouge pas. J'envoie tout de suite une patrouille te chercher en voiture. Je leur dirai de klaxonner : trois coups brefs, puis trois longs, comme ça tu sauras que c'est eux. Tu as compris ?

– Oui.

– Maintenant, il faut que je raccroche. Je téléphone à la police, et tu n'as qu'à me rappeler dans une minute. Je ne sais pas combien de temps il leur faudra pour arriver jusqu'à toi, avec le monde qu'il y a dans les rues. D'accord ?

– D'accord.

Le *clic* qui marque la fin de la communication me fait l'effet d'une perte. Par miracle, la voix que je jugeais autrefois mielleuse et fausse est parvenue à me rattacher un instant au monde des vivants.

Mais me voici de nouveau seul.

Je regarde l'heure sur mon portable. Ma panique s'est atténuée, pourtant je n'ai pas cessé de trembler.

Je rappelle.

Occupé.

J'attends une minute de plus.

Occupé.

Je commence à devenir nerveux. J'ai du mal à respirer. Je fais une nouvelle tentative.

Sans succès.

Une autre vague d'angoisse est sur le point de déferler sur moi. J'inspire profondément, trois fois de suite. Cela m'aide un peu. Je compose le numéro encore une fois.

Eugenia répond enfin.

– Santino, ils arrivent. Ils m'ont dit dans quatre à cinq minutes. Comment te sens-tu ?

– Pas... pas très bien.

– Alors laisse-moi te raconter quelque chose qui te fera plaisir. Francesco vient de m'appeler. Il a réussi à envoyer une brigade à l'endroit que tu nous as indiqué. Il n'a pas pu s'y rendre lui-même, malheureusement : il était trop loin. Les policiers se sont cachés près de l'échoppe. Quand le prêtre est arrivé avec l'enfant, ils l'ont pressé de questions. Il y a eu une échauffourée, et l'homme a tenté de s'enfuir, mais ils ont fini par le rattraper. Tu m'entends ? Ils ont arrêté Pasquale Loscataglia !

Je ris. Un rire strident, interminable.

– Ça va, Santino ?

– Oui, oui.

– Francesco m'a dit que les policiers sont certains qu'il s'agit bien de lui, même s'il nie. Ils l'emmènent en salle d'interrogatoire en ce moment même. Francesco l'y attend, d'ailleurs ; c'est lui qui va l'interroger. Je doute que Pasquale puisse continuer à jouer la comédie devant lui.

J'arrête de rire.

– Tu n'as plus de raison d'avoir peur, Santino.

– D'accord.

Une immense fatigue vient de me tomber dessus. Je me sens complètement ramolli.

– La patrouille va te ramener chez moi. Tu sais que ta sœur dort encore ?

– Oui.

– Tu avais raison, rien ne la réveille. Elle est mignonne comme un cœur.

– Je sais. Vous pouvez rester au bout du fil jusqu'à ce qu'ils arrivent, s'il vous plaît ?

– Bien sûr. Je suis là, avec toi. Tu as été très courageux, Santino, trop même... mais tu as bien fait de m'appeler quand tu as senti que tu craquais. C'était la bonne décision. Et c'est grâce à toi si cet assassin a été interpellé.

– Oui.

– Ce n'est pas toujours facile de demander de l'aide aux adultes, mais tu l'as fait. Bravo.

Sa voix est chaleureuse, tendre, comme celle d'une vieille amie. Même si je ne lui réponds que par monosyllabes, je ne veux pas cesser de l'entendre.

– Eugenia...

– Oui ?

– Excusez-moi.

– De quoi ?

– De... il y a cinq ans, à l'hôpital, je me suis mal comporté.

– Mais non !

– Vous ne vous rappelez pas comment je vous ai regardée, à l'époque ?

– Tant de temps a passé depuis... et de toute façon, c'était ma faute. C'était la première fois que j'étais confrontée à une telle situation. Dès que j'ouvrais la bouche, chacun de mes mots sonnait faux à mes propres oreilles. C'est moi qui te présente mes excuses.

– Et je vous ai fait rater la fête de Sainte-Rosalie.

– Ah oui, ça, je ne suis pas sûre de te le pardonner ! — Elle rit. — C'est la première fois de ma vie que je n'y assiste pas, tu sais. Pour les Palermitains, cette fête...

Je lui coupe brusquement la parole dans un chuchotement :

– Une voiture arrive !

Six coups de Klaxon. Trois brefs, trois longs.

– Ce sont eux !

– Je t'attends à la maison.

Aussitôt, sous les yeux ébahis de deux policiers, je jaillis hors du kiosque, le téléphone toujours à la main.

28

Dans la voiture, personne ne parle. Les deux policiers se retournent de temps à autre pour me dévisager avec curiosité. Ils ne savent pas qui je suis, c'est évident. Ils croient que j'ai fugué, tout simplement. Les rues commencent enfin à se vider : les chants sont moins forts, les pétards plus rares, les guirlandes moins éblouissantes.

Arrivés devant chez Eugenia, l'un des deux hommes sort du véhicule et entre avec moi dans l'immeuble.

– Ordre de madame Attardi, explique-t-il en montant l'escalier. Elle m'a dit de ne pas te quitter des yeux pour que tu ne t'enfuies pas de nouveau. — Il sourit. — Quand j'étais petit, avec un copain, on avait pris le car en cachette de Salemi jusqu'à Palerme pour assister à la fête de Sainte-Rosalie. La police nous a cherchés partout. Je me souviens encore de la raclée que j'ai reçue à l'époque. J'espère que ton père n'est pas comme le mien. Il utilisait sa ceinture, tu sais.

J'écarquille les yeux, feignant d'être impressionné. Je veux qu'il continue à croire que mon père m'attend.

Une fois devant la porte, je sors les clefs de ma poche et ouvre la serrure en marmonnant :

– Je les avais prises… je croyais que je serais de retour très vite.

– Il est quatre heures du matin !

Le policier me lance un regard apitoyé, persuadé que je vais passer un sale quart d'heure. Eugenia accourt à ma rencontre, le visage rouge. L'homme la salue et s'en va. Ilaria, elle, continue à dormir.

Après un silence embarrassé, nous allons nous installer dans le salon. Je suis trop excité pour aller m'allonger, et Eugenia a le tact de ne pas me dire qu'à cette heure-ci, les enfants sages sont déjà couchés. Elle ne me reproche même pas de l'avoir enfermée à clef.

Elle prépare une tisane, sort des biscuits. Ses gestes sont précis. Elle s'assied à côté du fauteuil dans lequel je me suis enfoncé et me tend une tasse fumante, avant de se servir à son tour.

L'expression avec laquelle elle me considère a changé. Je ne sais comment l'interpréter. Est-ce de la tendresse ? De la curiosité ? Ou une tentative de me voir tel que je suis vraiment ?

– Santino, raconte-moi tout, maintenant.

Elle a semble-t-il abandonné ce masque peu naturel qui me gênait tant. Son intérêt n'est pas uniquement professionnel. Elle me voit pour de bon. Elle veut comprendre.

Je commence donc à lui décrire en détail mon amnésie, mon obstination à découvrir ce quelque chose qui m'échappait, dont je préjugeais l'importance, sans savoir de quoi il s'agissait.

Elle me fait signe d'en venir aux faits.

Je lui raconte alors le moment où, en regardant une fusée de feu d'artifice violette, je me suis remémoré l'affiche de la même couleur, dans le café, où il était question de la « Sibylle ». Je lui explique ce que m'avait dit Pasquale Loscataglia au sujet d'une *magara*, une amie à lui, qui portait ce nom-là. Et puis le besoin urgent que j'ai eu d'aller vérifier s'il s'agissait de la même personne. Et la manière dont je suis sorti sur la pointe des pieds, la traversée de la ville à la recherche du café, la confirmation qui m'attendait à côté du téléphone. Je lui jure que je voulais rentrer tout de suite, mais l'adresse de la *magara* était si proche… Je lui parle de Toti, assis dans la voiture, une glace à la main, que j'ai tout d'abord pris pour un gosse quelconque.

Elle m'écoute sans m'interrompre une seule fois. J'apprécie son attention. Je continue, évoque la porte de l'immeuble qui s'ouvre, la voix ressurgie du passé, ma panique, la certitude que le prêtre, le père de l'enfant, n'est autre que Pasquale Loscataglia.

– J'ai juste vu un pan de sa soutane, pourtant. J'avoue que j'ai du mal à m'imaginer Pasquale habillé en prêtre.

– Je doute qu'on l'ait laissé se changer avant l'interrogatoire, se moque Eugenia. Quel spectacle ça doit être !

J'éclate d'un rire semblable aux cris discordants des mouettes.

— Francesco va travailler toute la nuit, ajoute Eugenia en interrompant mes gloussements hystériques. Avant de commencer l'interrogatoire, il lui a fallu attendre l'arrivée d'un avocat, comme l'exige la loi. Et ils doivent encore transférer l'accusé au tribunal. Du coup, il n'est pas certain de pouvoir venir te faire ses adieux. Cette capture est trop importante.

— Il me l'avait promis !

— Il t'avait promis de venir dans la mesure du possible. Je l'appellerai avant ton départ, pour que tu puisses lui parler.

Devant mon chagrin, elle tente de me distraire :

— Pendant que je t'attendais, j'ai regardé la télévision. Dans l'émission *Planète Terre*, ils ont raconté quelque chose d'extraordinaire – si tant est que ce soit vrai, ce dont je doute fort. Il paraît qu'au cours des dernières heures, depuis midi très exactement, personne n'est mort.

— À Palerme ?

— Dans toute la Sicile. Même les moribonds continueraient à agoniser tranquillement dans leurs lits d'hôpital sans se décider à trépasser. Pas de grave accident sur la route, pas d'assassinat. Pas un seul mort sur toute l'île. Alors que nous sommes cinq millions d'habitants, tout de même !

— Tu crois que c'est une blague ?

— Je pense. Pour que ça paraisse crédible, on nous a même cité des statistiques officielles. Il y a en moyenne cent trente et une personnes qui meurent en Sicile, chaque jour. Une journée sans décès serait donc étrange, presque impossible, mais pas totalement improbable. Tu veux voir s'ils en parlent encore ? Je parie que oui.

– D'accord.

Eugenia s'empare de la télécommande et allume la télévision.

Nous tombons sur le journal local. La nouvelle est confirmée par un journaliste surexcité. Certains attribuent ce miracle à sainte Rosalie. Ce serait un événement unique dans l'histoire de la Sicile.

Je bâille.

– Va te coucher, Santino. Essaie de dormir un peu, si tu peux.

Eugenia se lève, m'embrasse et m'accompagne jusqu'à la pièce où dort Ilaria. Je m'attends à ce qu'elle me dise que le marchand de sable est passé, mais ses seuls mots sont :

– Je laisse la lumière allumée.
– Pas la peine. C'est bientôt l'aube.

Je suis réveillé par quelqu'un qui me secoue énergiquement. Ilaria.

– J'ai rêvé de maman, m'annonce-t-elle.
– Moi aussi !

C'est vrai. J'ai rêvé d'elle cousant tristement un drap grand comme une place publique. Sur le drap avançaient des colonnes de fourmis, tandis que ma mère murmurait : « C'est une nappe pour l'autel de la Vierge. »

– Tu sais que personne n'est mort en Sicile depuis

hier midi ? dis-je à Ilaria. Avec un peu de chance, peut-être que ça va continuer jusqu'à ce soir.

Cette nouvelle la laisse de marbre. Pourtant, c'est elle-même qui m'a parlé d'une journée sans mort, un matin, après avoir aperçu par terre le cadavre d'un chat.

Elle me secoue de nouveau.

– Lucio, j'ai faim !

– Eugenia va nous préparer un petit déjeuner.

– Eugenia ? C'est qui ?

J'avais oublié que ma sœur n'était pas sortie de son sommeil depuis qu'elle s'était endormie chez Francesco. Elle n'a pas encore fait la connaissance de la psychologue.

– La maîtresse de maison. Le Chasseur ne pouvait pas nous garder chez lui, et c'est elle qui nous a accueillis.

– Je vais la chercher, alors ?

Je regarde ma montre. 6 h 45. J'ai dormi moins de trois heures.

– Non, il est bien trop tôt. Elle viendra quand elle se réveillera. Ilaria, tu te rappelles que c'est toi, un matin, qui m'as dit qu'il y avait des jours au cours desquels personne ne mourait ?

– Oui, oui, fait-elle avec indifférence.

Elle se lève pour aller aux toilettes, en promettant de ne pas déranger Eugenia.

Je reste au lit. Pauvre maman. Elle ne peut échapper à ce mélange de religion et de superstition qui règne dans sa culture d'origine. La Vierge Marie ne lui suffit pas, il lui faut aussi l'intervention de la *magara* qui lui aurait jeté un sort. La Sibylle. Si cette dernière retirait sa malédiction, maman y croirait-elle assez pour ordonner inconsciemment aux cellules de son corps de guérir ? Sa maladie repartirait-elle comme elle est venue ? Quand on prend de fausses pilules contre le mal de tête, sans savoir que ce sont juste de petits morceaux de sucre, il paraît que, bien souvent, la migraine disparaît. C'est ce qu'on appelle l'« effet placebo ». J'ai lu ça quelque part.

Il me faudra en parler à Francesco. Je peux peut-être le convaincre de m'emmener voir la Sibylle. Qui sait, ce pourrait être ça, le placebo de maman ?

On frappe à la porte. Eugenia.

– Habille-toi, Santino. C'est l'heure.

– Vous m'avez dit que je pourrais parler à Francesco.

– Je n'ai pas oublié. Mais commençons par petit-déjeuner. Nous l'appellerons vers huit heures : je sais qu'il doit prendre une pause. À huit heures et demie, des employés du Programme de protection viendront vous chercher pour vous accompagner à l'aéroport.

Je dispose donc d'une demi-heure pour le persuader de me laisser reporter mon voyage.

Nous avalons des biscottes à la confiture accompagnées de café au lait. Ignorant la télévision, Ilaria ne cesse de parler. Elle ne veut pas quitter la Russie, où son papa est prisonnier ; c'est à maman de venir ici. Eugenia lui oppose que nous devons rentrer chez nous, le voyage étant trop fatigant pour notre mère.

Soudain, le téléphone sonne. Eugenia répond.

– Francesco ? Eh bien ? Il a avoué l'assassinat d'Alfonso Cannetta ? Pas encore ?

Je bondis sur mes pieds.

– Je veux lui parler ! — Je lui arrache presque l'appareil des mains. — Francesco, c'est moi !

– Bonjour, Lucio. Le prêtre a reconnu qu'il était Pasquale Loscataglia. Il s'est vite écroulé. Je pense qu'il s'est senti sans défense, habillé de la sorte. Il avait un pistolet dans la poche de sa soutane, mais il n'a pas eu le temps de le sortir. Par ailleurs, nous n'avons pas pu joindre de suite son avocat, celui que la Mafia avait payé pour le défendre au procès, il y a cinq ans ; du coup, il a dû se contenter d'un avocat commis d'office. Ça aussi, ça l'a déstabilisé.

– Francesco, j'ai quelque chose à te demander. Ne dis pas non !

– Je ne peux rien te promettre sans savoir de quoi il s'agit.

– Laisse-moi rester un jour de plus, et emmène-moi chez la *magara*.

– Pardon ? Pour quoi faire ?

Je parle à toute vitesse :

– Pour maman. Elle est certaine que Pasquale Loscataglia lui a fait jeter un sort et qu'elle va mourir. Cela fait des mois que ses jambes sont enflées et qu'elle vit comme une petite vieille. Elle croit aux *magare*, tu sais. Or, si quelqu'un lui a jeté un sort, c'est forcément la Sibylle. Il faut forcer la Sibylle à l'annuler…

– Lucio, ce n'est pas…

– Tu me dois bien ça ! C'est moi qui vous ai dit où était *u Taruccatu* !

Il y a un instant de silence.

– Dans ce cas, pourquoi ne dis-tu pas à ta mère que la *magara* l'a fait, tout simplement ? Si elle est si influençable…

– Tu me conseilles de mentir ? Toi, un magistrat ?

Autre pause. Francesco pousse un profond soupir.

– C'est contraire à toutes les règles.

– Peut-être, mais si ça marchait ?

– Lucio, tu m'en demandes trop.

– Je veux au moins savoir si la Sibylle lui a vraiment jeté un sort, et pour ça, il faut que je reste encore un peu.

– À ce sujet, ton voyage a déjà été reporté de quelques heures : j'ai encore besoin de toi. Mais t'emmener voir la Sibylle est une autre affaire.

Je refuse de renoncer maintenant. Je crois que je me suis laissé convaincre du pouvoir de la *magara*.

– Francesco, tu as vu l'amulette ?

– Laquelle ? Celle que portaient Loscataglia et son fils autour du cou ?

– Oui. La *trinacria* à la guêpe. Ce sont des talismans qui viennent de la Sibylle ; elle les fabrique elle-même. Quand j'étais petit, Pasquale m'en avait offert un. Lorsqu'il m'a tiré dessus, je portais le fameux médaillon. Plus tard, je l'ai détruit et effacé de ma mémoire. Il aurait pu n'avoir jamais existé. Je crois que je me sentais sale, comme si le fait de l'avoir eu sur moi si longtemps m'avait contaminé. C'est pour ça que je ne t'en ai pas parlé. Si j'y avais pensé, tu l'aurais peut-être capturé, il y a cinq ans. C'est ma faute si…

– Lucio, arrête de te sentir coupable de tout ! m'interrompt-il. Écoute, voilà ce qu'on va faire. J'ai déjà demandé au bureau du Programme de protection de retarder ton voyage jusqu'à ce soir. J'ai besoin que tu viennes identifier Pasquale Loscataglia. En ce qui concerne la Sibylle… Eh bien, nous verrons.

– Merci.

– Ne me remercie pas. Tu sais que l'identification derrière la vitre sans tain est une étape très importante. Je ne t'ai rien promis.

– Merci quand même.

– Je dois retourner à mon interrogatoire. Il vaut mieux ne pas lui laisser le temps de récupérer. Dans l'état où il est, il est assez facile de lui arracher des informations. Tu veux que je te dise encore quelque chose ?

– Quoi ?

– Loscataglia a déclaré que s'il s'était fait passer pour un prêtre, c'était par amour pour son fils. Il mourait d'envie d'emmener Toti se promener, de le distraire. Il le voyait rarement : le gamin vit chez sa mère. Il lui avait promis d'assister avec lui à la fête de Sainte-Rosalie.

Je reste sans voix. Je n'arrive pas à concevoir que Pasquale puisse avoir un cœur, qu'il puisse aimer quelqu'un.

– Comment a réagi Toti quand son père a été arrêté ? je demande, troublé.

– Une femme de la brigade d'intervention est parvenue à le distraire, et l'a éloigné lors de l'interpellation.

– Et Toti ne s'est pas aperçu que...

– Il a compris ce qui se passait au moment où le faux prêtre avait déjà les menottes aux poignets. Ça a dû être terrible pour un enfant aussi jeune. Terrible et incompréhensible. On m'a raconté qu'il avait hurlé. D'habitude, nous évitons autant que possible de capturer les mafieux en présence de leurs enfants.

Peut-être Toti a-t-il crié « Papa papa papa », comme moi. Je soupire.

– Je suis désolé pour lui. Il avait l'air d'un gentil gamin. Ce n'est pas sa faute si son père est un assassin.

– Tu as raison, Lucio. Aucun enfant ne mérite un père pareil. Je ne l'ai pas vu très longtemps, mais il m'a effectivement donné l'impression d'être très dégourdi. J'espère qu'il surmontera ce traumatisme. Bon, il faut que j'y aille. À plus tard.

– À tout à l'heure.

En raccrochant, je réalise que, pour Francesco, les enfants ne peuvent être que des victimes, jamais des coupables.

29

Je me réveille affamé. Il est deux heures de l'après-midi. Après ma longue discussion avec Francesco, je suis retourné au lit, où j'ai enfin pu m'abandonner à un long sommeil sans rêves.

Eugenia a déjà préparé le déjeuner. Ilaria et elle sont attablées dans la salle à manger, devant la télévision. Le « miracle de sainte Rosalie », comme on l'appelle désormais, a pris fin à midi pile. Après cela, ceux qui devaient mourir sont morts. Les commentateurs annoncent que, bizarrement, même après la fin du miracle, il n'y a pas eu plus de décès que d'habitude. Tout est redevenu comme avant. C'était en quelque sorte une interruption, comme si pendant vingt-quatre heures, la Faucheuse avait pris des vacances.

Eugenia ne croit plus à une plaisanterie. Je suis également convaincu que tout cela est vrai.

Je m'installe à table, mais j'ai à peine le temps d'avaler une bouchée que le téléphone sonne. Sans un mot, Eugenia me passe le combiné.

– Tiens-toi prêt, m'ordonne Francesco. Je t'envoie chercher dans une demi-heure.

– Pour aller où ?

– Au palais de justice, dans la salle d'identification, tu te rappelles ? La même qu'il y a cinq ans. Il va falloir que tu reconnaisses Pasquale Loscataglia derrière la vitre – si tant est que ce soit bien lui qui ait tué ton père : jusqu'à présent, il n'a pas encore avoué.

– D'accord.

L'espace d'un instant, j'ai l'impression d'être revenu en arrière. J'essaie de me remémorer l'assassin de mon père, en vain. Francesco ajoute quelque chose, peut-être un encouragement, mais je ne l'écoute plus. Je ne parviens qu'à me représenter une image sans contours : les traits d'*u Taruccatu* sont devenus flous, telle une photo trop longtemps plongée dans l'eau.

Je me ressaisis.

– Et la Sibylle ? Nous irons lui rendre visite après ?

– Nous n'irons pas chez elle, Lucio.

– Quoi ?

– Laisse-moi terminer. Sa demeure est très mal fréquentée ; apparemment, cette femme est la *magara* de nombreux mafieux. Tu as fait une découverte sensationnelle, tu sais. Elle nous sera très utile pour…

Je lui coupe la parole :

– Comment va-t-on faire, alors ?

– Vas-tu me laisser parler ? Je l'ai convoquée dans mon bureau pour un autre motif : j'enquête en effet sur une potion qu'elle a fournie à un homme afin qu'il la verse dans le café de sa femme. L'épouse est morte. Le mari jure que la Sibylle lui a vendu le produit pour un philtre d'amour et qu'il le croyait inoffensif. Nous ne sommes bien sûr pas certains que ce soit la *magara* qui lui ait donné le poison : l'homme pourrait mentir. Quoi qu'il en soit, au cours de l'interrogatoire, je parlerai de Pasquale. Tu pourras assister à la série de questions qui le concerne.

Cette fois, je n'en ai pas perdu une miette.

– Dans ton bureau ?

– Oui.

– Mais elle ne pourra pas annuler le maléfice dans ton bureau ! Il faut qu'elle le fasse chez elle, où elle garde ses machins magiques.

– Je ferai apporter tous les objets qui se trouvent dans son antre de sorcière en prétextant que nous en avons besoin comme preuves de son activité de *magara*. D'autres objections ?

– Oui. Je suis sûr qu'elle n'acceptera jamais de faire de la magie dans un tribunal !

– N'insiste pas, Lucio. Ça suffit. Je ne peux pas t'emmener là-bas, un point c'est tout. Il faut que tu quittes Palerme le plus vite possible. J'ai déjà des nœuds dans l'estomac rien qu'en pensant à ton entreprise nocturne. Il faut que tu comprennes que tu es en danger, bon sang ! Surtout si la rumeur se répand que Pasquale Loscataglia a été interpellé à cause de toi. Alors arrête, maintenant !

Je me résigne.

– Quand doit-elle venir ?

– Loscataglia sera là pour l'identification à trois heures, et j'ai convoqué la Sibylle à quatre heures.

Il raccroche sans rien ajouter. Mon insistance l'a agacé.

Je retourne m'asseoir pour finir mon repas, mais je n'ai plus faim.

Ilaria me demande si papa va rentrer à la maison avec nous.

– Je crois qu'il va falloir qu'il reste ici, dis-je en lançant un coup d'œil à Eugenia.

La psy regarde alors ma sœur droit dans les yeux :

– Ilaria, c'est ta mère que tu dois interroger au sujet de ton père. Pas ton frère. »

Je frémis, mais je sais qu'elle a raison. Ce n'est pas à moi, mais à ma mère d'expliquer ce qui s'est passé à Ilaria. C'est elle qui doit trouver le courage d'aborder la question. Mais peut-être est-ce encore un peu tôt : Ilaria est petite, bavarde, et elle risque d'en dire trop à son école.

Pourquoi diable ai-je inventé cette histoire d'espions russes ? Pour faire de notre père un héros ? Quelqu'un dont on puisse être fiers ? Oui, sans doute.

– Tu vas y arriver.

Je lève la tête de mon assiette.

– À faire quoi ?

Eugenia se penche vers moi par-dessus la table.

– À vivre ta vie. Nous autres Siciliens, nous vivons dans un monde à part. Nous adorons cette île, mais nous la maltraitons. Nous voulons la quitter, mais nous y restons. Nous sommes bourrés de contradictions. Mais toi, Santino, tu vas partir. Si tu peux, oublie tout ça. Sinon, garde à l'esprit que les Siciliens ne sont pas tous des mafieux, contrairement à ce qui se dit souvent. Ne te fie jamais aux stéréotypes sur la Sicile. Et ne la déteste pas.

Je secoue la tête.

– Je ne la déteste pas.

Ilaria nous dévisage. Étrangement, ma sœur se tait. Je n'ose imaginer l'embrouillamini dans sa petite tête…

La rencontre avec Pasquale Loscataglia a été très brève et moins traumatisante que je ne le craignais.

Cette fois, je n'ai pas eu besoin d'un tabouret pour atteindre la vitre sans tain.

L'homme qui est apparu en compagnie de deux autres quand la lumière s'est éteinte ne portait plus de soutane, mais des vêtements un peu raides qui le faisaient ressembler à une marionnette. Je l'ai tout de suite reconnu : *u Taruccatu.*

Il m'a cependant semblé plus petit et plus fluet que dans mon souvenir. Il regardait droit devant lui, ses yeux sombres comme fixés sur un gouffre. Il avait rasé sa moustache, et son visage avait l'air nu, sans défense. Ses cheveux s'étaient raréfiés ; ses mains efféminées s'agitaient le long de son corps. De temps en temps, un tic nerveux tordait ses traits.

En le voyant ainsi, désarmé, ma peur s'est muée en un sentiment de soulagement mêlé à de l'amertume.

Ce n'était en réalité qu'un petit type effrayé, un petit bonhomme de rien du tout qui faisait dans sa culotte.

La vie de mon père valait-elle si peu qu'une nullité pareille ait pu la lui ôter ?

Dans ma bouche, je sentais le goût acide de la colère. J'ai avalé ma salive, et prononcé d'une voix claire les paroles rituelles :

– C'est lui.

30

Je patiente sur une chaise dans une petite pièce déserte. Francesco est en train d'interroger la Sibylle dans son bureau et m'a promis de m'appeler le moment venu ; il doit d'abord discuter avec elle de la potion responsable de la mort de cette femme.

Sur le mur face à moi est accrochée une estampe. Elle représente le port de Palerme tel qu'il était au XIXe siècle. Cela m'en rappelle un autre – celui de Livourne. Dans quelques heures, je serai chez moi.

L'été vient seulement de commencer. Je vais pouvoir reprendre ma vie habituelle. Refaire du bateau. Attendre le retour de Monica. Guetter la guérison de ma mère. J'ai cependant encore des doutes sur ce dernier point. L'annulation du sort suffira-t-elle vraiment à déclencher le mécanisme mystérieux qui pourrait la guérir ? Ou bien ma tentative est-elle absurde ? Un seul moyen de le savoir : faire un essai. Mais pour que cela ait une chance de fonctionner, il me faut être moi-même convaincu : quand je mens, maman s'en rend compte à la seconde.

Comment vais-je réussir à me persuader que la *magara* possède de véritables pouvoirs occultes ?

D'un autre côté, qui me dit que c'est impossible ?

À part la *ciarmavermi* du marché de Livourne, je n'ai jamais eu affaire à une vraie *magara*. Aux dires de tous, celles-ci sont bien plus puissantes que les *ciarmavermi*. Quant à la Sibylle, la confidente de l'assassin de mon père, je tente de l'imaginer mais je n'y arrive pas.

C'est alors que la porte s'ouvre, et Francesco me fait signe d'entrer.

Dans le bureau du magistrat, une femme bien en chair, toute de violet vêtue, me jette un regard hostile. Ses cheveux sont noirs comme du jais – teints, bien sûr –, son visage rondouillard, ses yeux sombres, ses lèvres de la même couleur que sa robe. Je remarque immédiatement la bague au majeur de sa main gauche, un anneau surmonté d'une grosse boule d'ambre emprisonnant une guêpe.

Francesco me désigne une chaise, puis se tourne vers la *magara*.

– Revenons-en à Pasquale Loscataglia. À quel moment vous a-t-il ordonné de jeter un sort mortel à un membre de la famille Cannetta ?

– Je ne jette jamais de sort mortel.

Le magistrat fait un geste en direction de la table.

– Bien sûr. Et tout ce matériel, à quoi vous sert-il ?

Ce n'est qu'à ce moment-là que je prends conscience des divers objets qui recouvrent le bureau : bougies, bâtons d'encens, crânes de chat, images pieuses, cornes d'animaux, croix, cordes, scorpions morts, herbes et graines de toutes sortes, et autres bidules indéfinissables. Un véritable arsenal de sorcière.

– Je ne nie pas être une *magara*. Mais mon but est de guérir les corps et les âmes ; je n'utilise pas de poisons. Allez-y, fouillez, et vous verrez ! Vous ne trouverez aucune substance toxique. Je ne fais que de la magie blanche. La journée sans morts, c'est grâce à moi !

Francesco fronce les sourcils.

– Je croyais que c'était un miracle de sainte Rosalie ?

– Je l'ai aidée, la sainte, qu'est-ce que vous croyez ! Je lui ai envoyé mes propres esprits pour lui demander cette faveur. Tous les jours, mon cœur se brise à la vue de tant de malheurs ; je voulais que personne ne meure pendant vingt-quatre heures. Et c'est ce qui s'est passé.

– Ah, très bien. Mais pourquoi se contenter d'une seule journée d'accalmie ?

– Je n'ai pas à vous le dire.

Cette femme a une voix étrange, à la fois gloussante et lente, qui me tape sur les nerfs.

– Oui, bien sûr... de toute façon, c'est déjà bien beau...

Pourquoi Francesco fait-il mine de la croire et pourquoi ne lui dit-il pas qui je suis ? Le regard malveillant qu'elle m'a lancé quand je suis entré me laisse penser qu'elle l'a deviné, mais je n'en suis pas certain.

Le magistrat s'apprête à poursuivre son interrogatoire quand elle l'interrompt de sa même voix agaçante :

– Vous ne me croyez pas, je le sens. Pourtant, je suis

née avec un don. Rien de plus naturel, avec les ancêtres que j'ai.

– Quels ancêtres ?

– Garibaldi en personne a reçu de l'une de mes aïeules un cheveu de sainte Rosalie qu'il conservait dans la poignée de son épée. Tout le monde le sait.

– L'histoire du cheveu dans l'épée de Garibaldi n'est qu'une légende, commente Francesco sans perdre patience.

– Pas du tout. C'est parfaitement vrai. Et c'est grâce à ça que rien ni personne n'a jamais pu me faire de mal depuis que je suis toute petite. Je suis intouchable.

La Sybille a prononcé ces derniers mots sur un ton subtilement menaçant.

– Vraiment ? Eh bien, faisons un test, voulez-vous ? Je vous fais mettre en prison, et vous demandez à vos esprits de vous libérer. D'accord ?

– Ha ha, et moi, du fond de ma prison, je réaliserai un envoûtement qui vous foudroiera sur place. Tout le monde croira à une crise cardiaque.

Francesco éclate de rire.

– Et vous n'appelez pas ça jeter un sort ?

La *magara* semble furieuse.

– Personne ne peut me causer de tort sans en subir deux fois autant, vous savez. Je vous le répète, je suis protégée par des esprits puissants. Des esprits qui commandent même à la Mort, qui peuvent la chasser ou la convoquer sur mon ordre !

– Voyons… poursuit le magistrat sans perdre son

sang-froid. Et est-ce que par hasard un de ces esprits s'appellerait Pasquale Loscataglia ?

La femme serre les lèvres sans répondre.

– Parce que si c'était le cas, chère madame, je dois vous avertir que Loscataglia ne pourra plus vous protéger. Il a été arrêté cette nuit et inculpé d'homicide.

Les joues de la *magara* ont pâli sous son maquillage.

– C'est faux !

– Ce garçon peut corroborer mes dires, si vous voulez.

– Oui, je confirme à voix basse.

La Sybille garde le silence. Quelque chose s'est modifié dans son visage ridé, dans son attitude. Son dos s'est courbé ; elle a joint les mains et fait distraitement tourner l'anneau à son doigt.

– C'est le fils d'Alfonso Cannetta ? demande-t-elle en me dévisageant rapidement.

– Oui, c'est lui.

Elle recommence à examiner ses mains, prenant le temps de soupeser cette information.

– Je peux lui poser une question ? dis-je soudain à Francesco.

– Bien sûr.

Je m'efforce de mon côté de cacher le dégoût que m'inspire la *magara*, toujours occupée à contempler d'un œil torve la guêpe dans le chaton de sa bague.

– Pourquoi avez-vous jeté un sort à ma mère et pas à moi ?

Comme mue par un ressort, la femme redresse la tête, tel un serpent prêt à attaquer :

– Parce que je ne jette jamais de sort à des enfants !
U Taruccatu me l'avait bien demandé pourtant, mais j'ai répondu que non, que jamais, au grand jamais je n'accepterais de maudire un petiot. Du coup, il m'a obligé à envoûter sa mère, après m'avoir fourni un châle qui lui appartenait. Si je ne m'étais pas exécutée, il m'aurait étranglée.

– Un sort a bien été jeté, donc, conclut Francesco.

– Oui, mais contre ma volonté.

– Et maintenant…

– Et maintenant, monsieur le Juge, il faut l'annuler, c'est évident. Si Loscataglia est en prison, je peux m'en charger, car il ne pourra plus mettre sa menace à exécution. Je ne veux pas servir les mauvais desseins d'un assassin. Vous dites qu'il est accusé d'homicide ? Il a été arrêté ? Très bien. Je suis contente. Il ne pourra plus me faire de mal. Si je lui obéissais, monsieur le Juge, c'est seulement parce que je ne pouvais pas faire autrement !

– Annulons donc tout de suite la malédiction, suggère Francesco avec calme, faisant mine de ne pas remarquer l'hypocrisie de la *magara*.

Même moi, je peux me rendre compte qu'elle a peur. Elle vient de perdre un protecteur !

– Quels sont les symptômes de ta mère ? me demande la Sibylle.

– Ses jambes sont devenues énormes. Elle ne peut presque plus marcher.

– Autre chose ?

– Elle est toujours extrêmement triste.

– Alors c'est qu'il n'est pas trop tard. Dès que je rentrerai chez moi…

– Non, intervient Francesco. Comme vous pouvez le constater, j'ai fait en sorte que tous vos ustensiles soient mis à votre disposition. Le charme doit être défait ici même, maintenant, sous les yeux de cet enfant.

La *magara* observe le bureau, l'air contrariée.

– Et après, que m'arrivera-t-il ?

– Après, vous pourrez rentrer chez vous. Tous vos biens vous seront rendus. Évidemment, si les jambes de madame Cannetta ne guérissaient pas… Et puis il y a les autres enquêtes…

– Comme celle de ce salaud qui m'accuse de lui avoir donné du poison à la place d'un philtre d'amour ?

– Je regrette, mais l'instruction de cette affaire va devoir être menée jusqu'au bout. C'est inévitable : il y a eu une victime. D'autres cas sont par ailleurs plus… ambigus. Vous pourriez aussi être emprisonnée du seul fait d'exercer cette profession.

À ces mots, la Sibylle redresse les épaules. Ses yeux lancent des éclairs – elle semble grandie.

Elle crache par terre et lance avec une autorité retrouvée : « Ne parlez pas pendant que les esprits arrivent. »

Elle a accepté.

Elle nous fixe ensuite d'un œil égaré, d'abord Francesco, puis moi, déjà plongée dans son rôle de magicienne. Elle se met à murmurer une litanie étrange : « *Sanonimo ! Traponimo ! Rapone ! Nerone ! Ramando !* »

Et : « *Verbo ! Verbo ! Verbo ! Capu noto, capu enne, capu effi !* »

Le reste est incompréhensible. Les traits convulsés, la bouche entrouverte, elle vomit un flot de paroles de plus en plus rapide, de plus en plus bizarre. Elle s'exprime dans une langue inconnue, aux sons gutturaux : Ghio ! Ghu !

Francesco et moi ne la quittons pas des yeux.

Son visage ressemble désormais à un masque grec, figé, contracté. De temps à autre, elle émet des rots sonores. Un filet de sang coule de sa bouche.

– *Homn pota capopr !* Voilà les esprits qui sortent des jambes de ta mère ! crie-t-elle, comme en transe.

Subitement, elle allonge la main, tâtonne sur le bureau sans regarder, et ramasse une cordelette, une fine tresse de chanvre. Le regard toujours dans le vide, elle commence à y faire des nœuds.

– Les esprits mauvais seront pendus ! braille-t-elle de sa voix de médium.

D'autres rots dégoûtants s'échappent de ses lèvres ridées.

Après ça, elle reprend sa psalmodie bizarre, toujours plus vite, toujours plus fort, le bourdonnement ininterrompu de l'invocation se transformant en un hurlement déchirant, prolongé. Ses doigts se figent. Ses yeux se renversent dans leurs orbites. Enfin, elle s'arrête de crier et s'effondre sur sa chaise, pâle et trempée de sueur, la tête sur la table.

La stupeur nous cloue sur place, Francesco et moi.

Pendant un moment, il ne se passe rien, la Sybille demeurant immobile, la joue sur le bureau, les yeux fermés. La petite corde pend dans sa main gauche.

– Elle est morte ? je demande, effrayé.

– Ça m'étonnerait beaucoup.

Francesco la secoue délicatement par l'épaule, et celle-ci revient à elle. Elle ouvre les yeux comme si elle sortait d'un très long sommeil, se redresse lentement sur sa chaise et me tend la cordelette :

– Tiens, fait-elle, haletante. Donne ça à ta mère. Dis-lui de la porter sur elle pendant quinze jours, et les esprits mauvais sortiront de ses jambes.

Je prends l'objet et l'observe avec attention. Ce n'est qu'une cordelette quelconque, pleine de nœuds. Rien de plus.

Je suis cependant incapable de prononcer le moindre mot. Tout ce que je viens de voir m'a terriblement secoué.

– Il faut que tu y ailles, me dit Francesco. Je te raccompagne. Puis, s'adressant à la Sibylle : Attendez-moi ici, je vous prie. Nous n'en avons pas terminé. J'ai d'autres questions à vous poser, et une proposition à vous faire. Désirez-vous un verre d'eau ? Vous pourrez bientôt rentrer chez vous.

La Sibylle refuse le verre d'eau.

Francesco me reconduit le long des couloirs jusqu'à l'entrée du palais de justice. Là, il consulte sa montre.

– Dans quinze minutes, la voiture du Programme de protection va arriver. Vous passerez d'abord prendre

Ilaria chez Eugenia, après quoi vous vous rendrez à l'aéroport. Dès ce soir, vous pourrez embrasser votre maman. — Il jette un coup d'œil à la cordelette que je tiens à la main. — J'espère que ça marchera, Lucio. Surtout, raconte en détail à ta mère ce qui s'est passé. Dis-lui à quoi ressemblait la *magara* pendant le rituel, sois aussi emphatique que possible, fais en sorte qu'elle ait l'impression d'avoir elle-même assisté à la scène. Je te conseille aussi de lui dire que la Sibylle s'est attribué le mérite de la mystérieuse journée sans morts ; si elle s'en persuade elle aussi, cela ne pourra être que bénéfique.

– Mais tu la crois, toi ?

– Oh, tu sais, il y a tant d'histoires qui circulent au sujet de la Faucheuse et de sa journée de vacances... Certains ont vu à minuit la comète qui était apparue à la naissance de Jésus. Ici, à Palerme, tout le monde est convaincu que c'est l'œuvre de sainte Rosalie, ou de don Vittorio, au choix... Chaque ville considère en quelque sorte que son saint patron est l'auteur du miracle.

– Je dirai à ma mère à quel point c'était impressionnant, à quel point la Sybille est une *magara* puissante.

Francesco m'adresse un de ses rares sourires.

– Tu sais, Lucio, s'il a pu se produire quelque chose d'aussi incroyable qu'une journée sans morts en Sicile, pourquoi ne pourrait-on pas imaginer qu'un jour, peut-être même dans un futur proche, la Mafia disparaisse ? Pas pendant quelques heures, hein, mais pour toujours ? Notre île est tellement étonnante. Folle. Imprévisible.

Je souris à mon tour.

– Dans ce cas, je pourrai revenir !

– Oui. Mais d'ici là, je ne veux plus te voir à Palerme. N'oublie jamais que même si Loscataglia est en prison, il y a d'autres mafieux prêts à le venger. Le rôle que tu as tenu dans son arrestation demeurera secret, mais nous ne sommes pas certains de pouvoir empêcher les fuites.

– Qui pourrait parler ?

– La Sibylle, par exemple. Car même si elle accepte de collaborer avec la justice, elle pourrait vouloir jouer un double jeu. Ce n'est pas dans son intérêt, mais… Et puis il y a Toti. Lui aussi pourrait raconter à sa mère que, cette nuit-là, il a confié à un jeune garçon être sur le point d'aller manger des escargots dans la montagne, et celle-ci pourrait le répéter…

– Que va-t-il lui arriver, à Toti ?

– Cela dépend. Mais mon intuition et mon expérience me disent que Loscataglia sortira anéanti du procès qu'il est destiné à perdre. Ce n'est pas le genre d'homme à supporter longtemps la dure vie de la prison de l'Ucciardone. Alors pour bénéficier des avantages réservés à ceux qui collaborent avec la justice, il nous fera savoir tôt ou tard qu'il est prêt à parler. Dans ce cas, Toti sera en danger, car la Mafia s'acharne de manière terrible sur les proches des repentis. L'enfant devra être envoyé dans un lieu tenu secret avec sa mère.

– Comme moi ?

– Comme toi. Avec une nouvelle identité, et tout ce qui va avec.

Je médite sur cette possibilité. Le fils d'un homme

assassiné, et le fils de son assassin : deux destins identiques. Est-ce ça la justice ?

Comme à son habitude, on dirait que Francesco lit dans mes pensées, et il me sermonne doucement :

– Lucio, mieux vaut un père victime qu'un père criminel. Mets-toi à la place de Toti, quand il sera assez grand pour apprendre la vérité…

– Le pauvre.

– Ce ne sera pas toujours comme ça. Souviens-toi qu'il y a des gens qui luttent de toutes leurs forces pour que les choses changent. Et nous savons désormais que ce qui nous semble impossible peut advenir.

Francesco tente de me donner plus d'espoir qu'il n'en nourrit lui-même, je le sais.

Je sors le couteau indien de ma poche.

– Tiens, dis-je en le lui tendant. Il te sera plus utile qu'à moi.

Le magistrat fixe le couteau, incrédule, et le prend lentement.

– Y a-t-il encore beaucoup de choses que j'ignore à ton sujet ?

Je hausse les épaules, comme un homme aux mille secrets.

– Je suis content que tu n'aies pas eu besoin de l'utiliser.

– Et moi donc.

Du coin de l'œil, je vois soudain une voiture s'arrêter non loin de nous. Un homme en uniforme en sort et nous fait signe.

– Ils sont en avance ! je proteste. Ils sont arrivés trop tôt !

– Tant mieux. Je suis allergique aux adieux.

Nous nous serrons la main d'un geste viril, sans sourire, en échangeant un regard intense, lourd de tout ce que nous n'avons pas pu nous dire.

– Allez. Vas-y.

Il me pousse doucement.

Je voudrais encore pouvoir lui confier que j'ai l'impression d'avoir grandi, au cours de ces deux derniers jours. Mais il est trop tard. L'homme qui est venu me chercher remonte déjà dans la voiture. Ilaria nous attend.

Je quitte Francesco sans me retourner, et prends place sur la banquette arrière. Entre mes doigts, la cordelette.

Quand la voiture redémarre, pourtant, c'est plus fort que moi, et je me retourne pour regarder par la vitre arrière la mince silhouette du magistrat. Debout devant l'entrée du palais, il est aussi immobile qu'une statue. Puis il fourre dans sa poche le couteau indien et lève les deux bras pour me saluer avec l'exubérance d'un jeune garçon.

C'est dans cette attitude qu'il restera éternellement gravé dans ma mémoire : les bras levés, comme pour empêcher les lourdes lettres de pierre qui forment le mot « Justice » de lui tomber sur la tête.

Silvana Gandolfi

L'auteure

Silvana Gandolfi est née à Rome en 1940. Elle est aujourd'hui l'un des écrivains pour la jeunesse les plus célèbres d'Italie. Plusieurs de ses romans ont été publiés en France par les Éditions des Grandes Personnes, parmi lesquels *Aldabra, la tortue qui aimait Shakespeare* et *L'Île du temps perdu*. *Le Baume du dragon* a reçu le prix Tam-Tam Roman en 2007 et le prix des Incorruptibles en 2009.

Découvrez d'autres histoires
bouleversantes
———————
dans la collection

L'ENFANT D'HIROSHIMA
Ichirô et Isoko Hatano
n° 564

Les lettres d'Ichirô, élève au lycée de Tokyo, et d'Isoko, sa mère, qui vit à la campagne, tissent un lien unique que la séparation rend encore plus fort. Touchante est la délicatesse maternelle qui respecte la liberté et la sensibilité de son fils à une époque aussi douloureuse que celle d'Hiroshima au temps de la guerre. Touchante est la plume d'Ichirô quand il écrit : « Faites rage, lames et vents du monde impur, moi j'avance dans la vie, aux côtés de ma mère. »

LA MAISON VIDE
Claude Gutman
n° 702

David les a vus, son père et sa mère, leur valise à la main, entre deux policiers. Il les a attendus longtemps, longtemps... Lui, il dormait chez les voisins depuis des mois. C'est pour cela qu'il n'a pas été emmené.
1944. David a 15 ans, il est vivant. Il est rempli de douleur, et de rage, et surtout habité par toutes ces voix contradictoires : tu es juif, tu es comme tout le monde, tu es français, ils t'ont abandonné, il faut faire confiance, il ne faut jamais faire confiance. On est seul. On n'est jamais seul. Il écrit pour comprendre.

SI TU VEUX ÊTRE MON AMIE
Galit Fink et Mervet Akram Sha'Ban
n° 1213

Mervet, treize ans, du camp palestinien de Dheisheh, et Galit, douze ans, de Jérusalem, commencent à s'écrire en 1988. Comment se parler alors qu'autour d'elles deux peuples se déchirent, se battent, se haïssent parfois ? « Je ne sais pas si tu veux être mon amie. À part ma famille, personne ne sait que je t'écris », s'interroge Mervet. « Quel sentiment étrange de savoir que j'écris à une Palestinienne. C'est comme si c'était un rêve, un rêve heureux », lui répond Galit. Leur amitié naissante est sans cesse mise à l'épreuve par l'Intifada. Marquées par les préjugés de leur communauté, elles s'affrontent parfois ou tentent avec naïveté de trouver des solutions.

LA LUMIÈRE VOLÉE
Hubert Mingarelli
n° 1234

1942. Élie, onze ans, s'est réfugié dans le cimetière du ghetto de Varsovie. La police allemande traque les jeunes trafiquants sans lesquels le ghetto serait affamé. Une nuit, Élie est rejoint par l'un d'eux, Gad, un peu plus âgé que lui. Ensemble, ils s'inventent un monde intime, fragile. Au loin résonnent des coups de feu, qui se rapprochent…

J'AI PENSÉ À VOUS TOUS LES JOURS

Loupérigot

n° 1618

Cédric est un enfant de la DDASS. Abandonné par sa mère à la naissance, il n'a connu que la solitude des foyers et des familles d'accueil. Jusqu'au jour où il découvre qu'il a un frère, Adrien, élevé dans les beaux quartiers... Entre ces deux garçons que tout semble séparer, la rencontre est explosive. Surtout lorsqu'ils décident de fuguer ensemble pour retrouver leur mère disparue.

Le papier de cet ouvrage est composé de fibres naturelles, renouvelables, recyclables et fabriquées à partir de bois provenant de forêts gérées durablement.

Mise en pages : Maryline Gatepaille

Loi n° 49-956 du 16 juillet 1949
sur les publications destinées à la jeunesse
ISBN : 978-2-07-065900-5
Numéro d'édition : 364451
Dépôt légal : novembre 2019
Premier dépôt légal dans la même collection : mars 2014

Imprimé en Espagne par Novoprint (Barcelone)